独秀
Duxiu
女作家文丛

好水如风

HAOSHUI RU FENG

张燕玲 著

广西师范大学出版社
GUANGXI NORMAL UNIVERSITY PRESS
·桂林·

图书在版编目（CIP）数据

好水如风 / 张燕玲著．—桂林：广西师范大学出版社，2018.10
（独秀女作家文丛）
ISBN 978-7-5598-1217-9

Ⅰ．①好… Ⅱ．①张… Ⅲ．①散文集—中国—当代 Ⅳ．①I267

中国版本图书馆 CIP 数据核字（2018）第 226842 号

广西师范大学出版社出版发行
（广西桂林市五里店路 9 号 邮政编码：541004
网址：http://www.bbtpress.com）
出版人：张艺兵
全国新华书店经销
桂林日报印刷厂印刷
（广西桂林市八桂路 1 号 邮政编码：541001）
开本：787 mm × 1 092 mm 1/32
印张：7.25 字数：180 千字
2018 年 10 月第 1 版 2018 年 10 月第 1 次印刷
定价：39. 80 元

目 录

闲 游

闲 情

闲 读

闲游

清风忽来水面，那水仍然不黏不滞，干净、透明，清澈、无尘。我知道自己需要这片水，可以为镜鉴出自己内心之浑浊，以有所清澈有所归依。便想起苏东坡“好风如水”之说，如果他看到这女孩般无纤无尘的波光，他会不会说“好水如风”呢？

西津渡，锅盖面

我知道自己凡俗，太迷恋人间烟火，家里常常鲜花盛开，更有香锅热灶，出门在外，只要美味飘来，常常会寻香而去，大快朵颐，不便时，就禁不住一步三回头，内心顿时彷徨，寻思着何时再来。那天，在江苏镇江，面对一轮轮美食袭来，我更是俗相难掩了。

一杯金山翠芽，“搭茶吃”的是水晶肴肉，以及长得只能吹口琴般撕吃的茅山老鹅翅；热菜是海参酸辣羹、红烧东山羊肉、清蒸鲥鱼、河豚烧秧草，加之满口春气的芦蒿，待上镇江名吃蟹黄汤包时，我早已是打嘴也不丢筷了。学着主人，也拿起一支恒顺“蜂蜜养生醋”倒向形如座钟的小包子，轻轻夹起，慢慢移至嘴边，小咬一角，吸口汤汁，满口鲜香。正当放下辛苦一晚的筷子，主人说，“镇江一怪”锅盖面总要尝尝，吃不动，一口也要吧，可有讲究啦。半推半就，又倒些香醋，居然连汤带面小半碗，好面呀！至此，再也不看其他小吃了。瞬间,一夜珍馔一一化为一碗好面的味道,知足了。知足之后,好奇的我便提出:明天早餐,我只吃锅盖面了。

是的,在镇江,你可以不吃肴肉、河豚、蟹黄汤包以及无数河鲜,但必须吃碗锅盖面,否则不算来过镇江。此后,在镇江,这个念头我愈加清晰坚定,尤其饭后漫步西津渡,我才明白了主人说的“讲究”。

一早独步到“镇江锅盖面品鉴馆”。在镇江,面馆千家,遍布大街小巷,人人都需吃上一碗扎扎实实的锅盖面,才能算地道的镇江人。品鉴馆不同于其他面馆之处,在于开放式厨房。面条现做,一根粗杠子压上揉好的面团,师傅坐在竹杠一端上下颠跳,很快面团被挤压成薄薄的面皮,用刀一切,独特的镇江“跳面”就成了。将跳面投入大锅沸煮,女师傅随手扔只小锅盖覆在大锅中央,小锅盖随着沸腾的面在锅中自在漂泊,一如江上生活。浮沫溢出小锅盖边,师傅一勺一勺去沫子,那种漂浮感,那份热乎乎,甚至师傅的麻利劲儿,我都喜欢。我突然明白锅盖面与码头的相生相应了,操作如此大起大落,滋味又醇厚,当然非寻常胃口不可。

这胃口,属于码头。前一晚的踱步,早已令我蹚不尽西津渡码头的千年文化之河,经历过大江东去的举世风尘,难怪这里如此静好。立在金山寺上、明代的待渡亭中、元朝的过街石塔前,想象“潮落夜江斜月里,两三星火是瓜洲”的前世,眼前一个远远超出我期待,令我惊艳的镇江,居然如此不同于其他喧闹的吴侬之地,人文荟萃,而且宜居。放眼望去,满街都是悠悠闲定的踱步,没有别处似乎追着躲着跑着赶路的急躁,也少些江南的胭脂水汽,多了些悲壮清凉，天书都难写这“金陵渡”。

是的，西津渡古称“金陵渡”，是长江古运河交汇处，南来北往的客商相聚地。自公元208年，东吴定都镇江以来，那便是数代王朝经济血脉的通和，出过20多个皇帝的京口，当然可称“金陵渡”，它是“漕运重镇”“吴楚要津”。不足千米的古街，曾经是怎样繁华的街市，招呼着南来北往的游子、商贾、官宦。街口便是长江下游繁忙的渡口，待渡亭迎送着如流商贾、如织行旅，小山楼留寄骚人墨客。长江天堑，风高浪急，行旅危机四伏。旅客历尽苦难又劫后余生，落入大江的有随浪到另一世界投生的，也有有幸被义渡局救生的。据说，镇江救生会是世界最早的海事组织，南宋乾道年间镇江善士们就成立了水上义渡救助机构拯溺扶困，直至民国二十二年（1933）兴办轮船为止，镇江人义渡救生已有七百多年的历史，真是兰义满长江。平安是福，见神便拜，镇江多元的宗教文化，与救生会一道同心渡慈航。

飘着腥味的码头千年就这样迎来送往，乃至生之欢欣与死之悲哭。我曾坐在海边看渔船和客轮靠岸，各色旅人踏上陆地疾步匆匆，渔人装卸繁忙，还有人对着大海烧一沓沓黄色的冥币，一眼望去犹如兵荒马乱。但在既定的时空中，人与行李相随，身后便鱼是鱼，物是物，损坏的器械散乱一地。纷乱中其实一切井然，其中有坚不可摧的秩序，日复一日，年复一年，方生方死以及方死方生都在瞬间。南宋之后，镇江又涌来这么多北方移民，所有的乡愁便简化为上岸后的第一碗面！

那时的金陵渡，各家东翁店伙望着刚涌上码头的那些惊魂未定的人们,自然更张扬店里锅盖面的挤、扛、压、煮。他们热情地招呼上岸人进店,坐定。一直冒着热气的面,便是各色远航人压压惊、解解乏、消消力的小圆满。伙计一声吆喝,面端上来了,客人倒入一勺香醋,热乎乎吸面,汤也喝干,直顺肠胃。醋是香而微甜,酸而不涩,绵软可口;面是不生不烂,汤清味香,直上心头,暖遍全身。一碗好面下肚,心安了,气定了,魂自然也回来了。

于是,昨日的风浪搏击,方死方生,在热腾腾的汤面中便成一条条远方的传奇,眼前的大江汤汤起来,返身,回家,安枕,入梦。

那时节,日色很慢,车,马,人,连家书都得过黄河穿长江,更慢,慢到"一生只够爱一个人"。那是灵魂迁徙的方向,隔着山岚,更隔着大江大河;那还是故乡的方向,低头处,只剩下这碗散发北方家乡气息的好面了。无论各色人等,望着大江大浪风急舟险,或官家富商,或文人骚客,或江上亡魂,但又如何,人生仍然充满无常,方生方死,方死又方生。疲惫而微茫,悲凉又悲壮,长歌呜咽,又生机勃勃。坐在面馆,望码头上一艘艘远方的船正在靠岸,一碗热气腾腾的锅盖面,就着几方肴肉喝下风雨飘摇的人生。锅盖面便是西津渡的慰藉,西津渡的日常,西津渡的人生。

他日晴好之晨,他们又踏着青青石板,再次远行,一次次,一月月,码头连着那碗锅盖面,经年如此自然,相沿成习,积习成俗。西津渡便生动了千年,就这么简单。

于是,"面锅里面煮锅盖,先烫浇头再烫筷"的锅盖面,得益于码头文化和南北习俗的交融,融入了码头人生,并风靡大江南北。锅盖面不仅仅是舌头对味蕾的依恋,更是生命生活的本质味道,融入了汗水、泪水与血水，融入了欢欣而破碎的津渡人生。择善而生，质朴淳厚，厌世不轻生，无语却向上。

没有锅盖面，西津渡会怎么样？

我再次感受到“平平常常才是人间常态”的悖论。在世间许多方生方死的关口，比如西津渡，水中岸上，并非人人能对世界安之若素，在世界深处，许多人生并不平常。唯此，大风大浪与大悲大喜之后，一碗定神好面何其及时与珍贵。

于此，大江渡口上下的方生方死，便有了码头文化，便有大碗饮食，尤其北人南移的镇江。锅盖面就这样维系着乡愁与牵挂乃至寄托，以及生死相依的爱情，更成就了孟姜女以及许仙白娘子的传奇，连蒋介石也演绎了一出难为自己的求爱的绅士戏码，十天的焦山缱绻，终于遂了美龄“此生非英雄不嫁”的芳愿。那天安坐焦山海云堂的凉亭，佳想安善，这双影雁是在哪片竹林放情？壁上纪晓岚的“紫鸾对舞菱花镜，海燕双栖玳瑁梁”不正诉说着同心？我甚至不合时宜地嘀咕：西餐之余，吃惯江南味道的蒋公肯定也会来碗锅盖面吧？众人皆点头称是。

没有锅盖面，西津渡会怎么样？英雄，当然也须镇江美食养育。

镇江自古出英雄，单单奇女子便有孟姜女、白娘子、杜秋娘、梁红玉等等，但历史留给女人的空间总是局促，像一场腾挪不开的舞蹈，只能低眉敛袖。孟姜女寻夫哭瞎了眼；白娘子成就一段惊世爱情之后，终被法海压在雷峰塔下；被四朝皇帝宠爱，让少年杜牧惊艳的杜秋娘，貌美且才艺绝世，一首传诵至今的《金缕衣》使其成为《唐诗三百首》里的唯一女诗人；而现代有文才的奇女子当属在镇江居住18年之久，并留下《大地》三部曲的赛珍珠。而杜秋娘，当杜牧为了看一眼仰慕迷恋一辈子的人儿，从西津渡上岸探望被遣回镇江年老珠黄的杜秋娘时，不禁悲从心起，一曲《杜秋娘诗》，堪比白居易的《长恨歌》，同悲切。

苏东坡十一次到镇江，“我谢江神岂得已，有田不归如江水”。《醉落魄·离京口作》中，也表达了“此生飘荡何时歇？家在西南，长作东南别”的无奈。都说东坡大赦后到镇江时，心似枯木，两个月后，就在镇江相邻的常州病逝了。其实，早半年路过廉州时，东坡就心如死灰。我曾寻着他的足迹，一路走过眉州杭州湖州黄州惠州儋州廉州，也多次立于合浦东坡亭，为壁上“芒鞋不踏名利场”而叹息不已。

有良心的文人，误入仕途，当然只能在官场上一路坎坷，一贬再贬，但东坡毕竟是旷世奇才，自然一路恣肆于文艺，也一路饕餮。他与发小至交金山寺方丈佛印和尚，两人满腹经纶，才情奇崛，仅独创美食，便为镇江留下“五柳鱼”“东坡豆腐”等，一句“蒌蒿满地芦芽短，正是河豚欲上时”，便为江南美食奠定何等凡尘俗世的快乐，既有绝世才情和趣味，还有暖到心胃的日常。就这样，妙高台上，已处江湖之远的东坡居士与老友佛印方丈相伴，怡然于镇江的山水之间，恬淡在寺庙的禅意里，镇江的秀丽江山和暖心美食，为东坡晚年提供了一个退守的精神家园。

便想去常州，看看东坡为何选择那里入土。

临别时再入面馆，上来的锅盖面是送客之意了。依旧倒些香醋，又一碗好面落肚，此时无闲事挂心，真是人间好时节。

（原载《文汇报》2016年2月7日）

柠檬，《柠檬树》

柠檬，十几年前在中国是稀罕物，摆在水果架上还单个果实独立包装，且大多来自原产地东南亚或欧美，我们常称之为西柠、洋柠檬。而进入全球化时代的今天，柠檬，早已进入寻常百姓家，尤其中国长江以南多有种植，包括我家露台。日常生活，我仅仅听到柠檬二字，便会口含甘露似的要来杯柠檬水，包括菜肴调味的柠檬汁，口感清爽，还益于身体健康。我们广西北海的饭桌，还习惯摆碗柠檬水，用以洗净剥虾弄蟹的双手，还主人以清净。柠檬的穿洋过海与普及，告诉我们全球化时代，物质的共享早已成为今天时代的重要标志，包括人类文明及其文学艺术成果的共享，新丝路沟通着人类的方方面面。

我看过一部以色列电影《柠檬树》，这个根据真实事件改编的电影，以难以置信的沉静讲述一个意味深长、内核犀利的伤感故事。

巴勒斯坦寡妇萨玛，为了守护她父亲经营了60年的柠檬园，不屈不挠地与她的新邻居以色列国防部长对峙与打官司，因为柠檬园的边界就在以色列和约旦河西岸，它被认为对部长的安全造成威胁而勒令砍掉。面对高额赔偿，民族矛盾与族规不允许萨玛接受；而对父亲的情感与成长的记忆，也令萨玛珍视这份家族的遗产。在律师的鼓动与帮助下，执着的萨玛强劲坚持并一路诉讼，官司虽无赢家，结局却令人无语而伤感：两家间筑起一座又高又长的铁墙，一边是只剩下满园50厘米高的柠檬树，虽是萨玛尊严的残茎，却已难长累累果实；而另一边的部长家不仅风景不再，高高的铁墙挡住了曾经的满眼碧绿与令人口舌生津的柠檬，部长夫人也因这场纠纷离家而去，只留下部长一脸的落寞。更令人无语的，最大的赢家竟然是帮助萨玛诉讼的律师，他不仅以身心进入萨玛的情感与俗世生活，官司结束时，还搭上总理千金并将成婚。剧终，悲愤无言的萨玛只能把律师生活用品与报道官司的报纸，一同扔进熊熊燃烧的油桶里，而默默陪伴一侧的是父亲留给她的家丁，为萨玛留下一丝忠诚仁爱的人性温度。所幸的是，萨玛与部长夫人，相邻两家女主人虽默默无语，却常常相视会心，情感相通；女性的和解，赋予了故事同情之理解与理解之同情。

《柠檬树》故事切口很小，从柠檬启笔，隔离墙收束，尤其萨玛形象的丰富意蕴，她高强的生活能力，沉静坚毅的外表，一旦被点燃后热烈的内心，以及坚韧无敌的信念与行动力，令人过目不忘；影片开首，穿过绿树黄柠，是在屋里捣鼓柠檬饮品的萨玛，画面里，新鲜饱满、果汁嘀答流淌的柠檬在萨玛的手中，飞速变成一瓶瓶饮料，并一一置放冰箱里。整个物象和细节不着颜色，以形传神，颇具独创性、可视听性，其真切传神，深信唤醒无数观众的食欲，而且为柠檬园的去与留，来萨玛家的各色人等开口前，必是以萨玛的柠檬水为序言的，如此的白描手法，我是至今难忘与神往，当即摘下露台柠檬来来去去捣鼓，当然只能暂时平息内心的向往而已。可以说，《柠檬树》把约旦河岸人们的日常生活与世相百态、民族宗教与精神气质、人文风骨与文脉传承、家园意识与和平向往表达得如此鲜活而丰沛、坚韧而强大，既悲凉疼痛，又意味深长，令人心动。我想，这幅约旦河岸的浮世绘，所呈现的独特的看待世界、想象世界的方式，属于约旦河岸的人民，而坚定守护家园的生活理想却属于全人类，这便是文学艺术的力量，因为家园意识永远是文学的母题。

当然，柠檬有根终会成活，活的柠檬树还需相宜的种植生长环境与方法，才可能如影片开首时令人心醉的一望无际的青葱绿黄，万物如此，文学亦然。任何一个民族的文学都有文学根性与文学传统，作家都是从足下的土地出发，自然便有他的地域性，所谓一方人文的水土，这种地理的文学自觉，终会以其独特性与世界文学对话。《柠檬树》便是以约旦河岸的地域与自然、民族与宗教、人性与艺术向世界讲述自己的故事，并以此个性在日益严重的文化同质化中感动世界，文学艺术从来就是以个性取胜。

在世界，有很多犹如安曼这样的人文之都，它不仅是生活场域，不仅是经济聚落，它更是文化保存、传承和生长的地方。去年我曾沿着古丝绸之路来到安曼，有幸与文学同行友好地坐在一起，真诚恳切地与约旦作家交流，相互了解，相互认知，寻找中国文学与约旦文学共同的生长点，一如《柠檬树》两位不同民族女主人的凝视与相知，但比她们幸运，我们毕竟心怀尊重，相携而坐，共同憧憬媒介时代的丝绸之路，生长出更多美好鲜活的文学生命。我想从物质的柠檬，到精神的《柠檬树》，我们已经感受到果实的美味，感受到《柠檬树》下有灵魂有梦想的生活质地，感受到全媒时代新丝之路带给艺术无限的可能性，而我们每个行进在这条迷人广阔之路的作家，无疑都是受益者与创造者。因为文学艺术通灵，超越民族与国界。

（原载《人民日报·海外版》2018 年 5 月 12 日）

础　石

枉为人生几十年,居然从未有过"础石"的概念。

那天,漫步未央宫遗址,秋风瑟瑟中汉长安城除了荒草萋萋,黄土片片,映入眼帘的就属柱础石了。古人造房兴土木结构,哪怕皇宫,都经受不起岁月的风吹雨打,经年战乱或一把大火都可能灰飞烟灭,阿房宫的短命便是证明。皇宫都如此,遑谈百姓人家。我们并不知晓历史发生了什么,皇宫当年的华丽与威武,我们只能在遗留的础石上寻找,并遥想与猜测当年宫殿的方位、基础与样貌。西安人以敬畏心呵护着废墟、遗址,没有让现代机器惊扰在未央宫游走的汉代仙人,这便是文明。

汉长安城的础石或突兀而起或隐在地面,深于地面的叫大础墩,巨大粗壮,只能透过厚玻璃俯视;而矗在黄土荒草中的则浑圆古拙,剖面平整,伸手抚触,清凉光滑,忍不住坐上去,起身时剖面已有了温润之气。未央宫就是建在这大大小小无数的柱础石之上，竟全然没有时下建筑工地林立的水泥桩的冷漠，础石可感可触。

一时被震住，我不由停止不住地询问。

想起李泽厚描述的处于草创阶段的汉代艺术，真的就是这般幼稚、粗简和笨拙？础石们静静矗在那里，雄浑厚重，充满生命感和力量。想想汉代皇宫大大小小每根梁柱都稳稳立于其上，在丞相萧何的令下，向世界昭示一代一世的威武，古拙与气势在此显示了最为质朴的美的本质。

浑浑圆圆，几乎没有线条，一如《美的历程》所描述："以简化的轮廓为形象，就使粗犷的气势不受束缚而带有非写实的浪漫风味……"从画像石到汉乐府，从壁画到工艺，从陶俑到隶书，汉代艺术呈现出来的更多是整体性的民族精神。那是中华本土的音调传统，是由楚文化继承而来的天真狂放的浪漫主义，是人对世界满目琳琅的行动征服中的古拙气势的美。

如此饱满，如此实在。朋友说，在汉代，一切都遵循"够用"就好了。所谓天地为心，简朴为用。

够用，真的是今人所缺失的精神。在废墟，走了大半天，我们很少说话，一路听一路看一路回望，也一路审视当下。作为础石，对于土木建筑的确够用了，古人如此明慧，行动却如此简单质朴。够用，在我心中没有任何语言会比够用的础石古拙与强大了，两千两百多年前的稚拙与简朴，令当下无度的奢华暗淡无光。

够用，其实也揭示了那个疗伤、养育、生息的时代本质，乃至民族实用后的旷达精神。不是吗？秦暴政劳民伤国，于是，革除秦朝的苛政，“破觚而为圜，斫雕而为朴”（《史记·酷吏列传》），一系列的怀柔政策，方方面面得以舒缓开放，百姓得以休养生息，文化可以长袖舒展。为官用人，竟也英雄不问出处，能用够用便好，一如高祖手下大多来自底层的英雄，萧何是狱吏，曹参是算账的，周勃是吹鼓手，夏侯婴是车夫，韩信是地痞，樊哙是屠夫……却成就如此千秋大业。今天真的难以想象，如此地自由平等，如此地不拘一格降人才，如此地接近人本思想。“仁者爱人，民为贵，君为轻，社稷次之”，尊重人、推崇人，弘扬人的生命存在的意义和主体独立自觉的价值，其社会文明程度之高，令今人赞叹。那样的包容开放，当然会激发无数平民的无限创造力，在一切“够用”之后，汉民族便豪放地一往无前。于是，中国古代的文化又开始了它生生不息的创造。

开放，包容与仁义也深入后宫，史书描述汉宫女每年元宵节可以开放出游渭河一次，与民同乐，有关关的雎鸠，便不再回宫。而宫女年长便放出宫，大多也过上常人生活。甚至汉武帝当政之后，还从民间找回了母后初婚时生的女儿并接入宫，敬为姐，封公主。如此仁义通人性，又有用贤变法，尊王攘夷；大战匈奴，出使西域；巫蛊为乱，罪己示民；等等。武帝以自己纵横跌宕的一生，造就了一个风云变幻、英雄辈出的时代。

汉代后宫也呈现出“够用”的风尚，食不重味，衣不重彩。武帝皇袍数年不换新，皇后衣无重彩，大多一色，很少多种颜色。整个皇宫，无奢靡之风，唯有简朴。想想今日国际高端场合，女士着淡雅净色衣裙，文静高雅；男士衣着纯正深色，一派雅正。这份净色美韵，不也是人类的基础色？已经不仅仅是够用就好，人类至雅之境是自然本色，汉人以其古拙质朴，奠定了中华原初的审美传统。

文景之治，一切从皇帝皇宫做起。这不正是国家的础石？立于上的是浩浩荡荡的民心。

一时，汉长安，成为世界大都市，犹若今天的纽约。盛世之余，出使西域，辟丝绸之路，一路从未央宫出发，一路从我们广西合浦扬帆。陆路与海路成就了辉煌的丝路文化与航海文化，开历史先河，这是何等的气魄与雄风。当然，张骞们做生意盈亏与否，我们无从知晓也没法说清，但留给我们的是一派大国风范，更是一种文化和思想。

又一日，专程拜谒萧何、曹参墓。仅仅两堆黄土，两个修葺的墓碑，一左一右，全然没有今人墓地追求豪华奢靡的攀比，他们以其朴素的黄土，记载着一个旷世传奇，一段伟大友谊。今天，他们的 30 米相邻，继续着相知相敬的情缘。每天夜里这里一定动静不小吧？举杯相邀，两人一定早已杯酒解怨？抵牾是暂时，因为同装着社稷江山，是同道同志，便不会有暗算，只有英雄相惜。或觥筹交错或低唱浅酌，或月下漫步，不知二位英雄对今人的愚蠢多多有何激愤之议？是的，天地为心，简朴为用。“萧规曹随”，继任丞相曹参淡定无比：“人家做这么好了，一切随着前相萧何既定方针前行。”仅仅四字，却不止于曹参的黄老思想，更多的还在于他的朗阔胸襟、家国情怀与高远理想。两块断裂的墓碑，两堆静穆的黄土，两位已乘黄鹤远去的英雄所创造的文景之治，为汉代带来繁花似锦的太平盛世，也为我们带来无限的想象力。

未央宫的柱础石，就这样一一讲述着我大汉的古拙与气度，就这样携着楚汉之风，扑面而来。真的是挥一挥衣袖，便是几千年的气韵；抡一抡石斧，便是顶天立地。今天的我们决不能止于仰望。

因为几千年的华夏文明历程，仍在进行中，而且是必须的。

西安的文友还说，我们写作的源头虽在周秦，但础石却立在汉代。因为“文学”这个词，在汉代的观念里，比今天宽，也比今天厚。汉代的文学包含了文章经籍和选官制度，在汉武帝时代更是显学，全国瞩目。司马迁眼中的文学：“明天人分际，通古今之义，文章尔雅，训辞深厚，恩施甚美。”可以称文学家的，不仅饱学，有真知灼见，文章笔法讲究，还“恩施甚美”，有深层次的审美享受，可见其大方大气。

在当年文武百官上朝处的承明殿遗址，我看到一位冯姓游客 8 月 24 日的留言：“千古帝业唯余此，贾谊过秦谁过汉。”的确，想想巍巍然挺立着的司马迁、贾谊等，如今文坛鱼目混珠的我等，也因之向上多出些许收获识见，往下延伸出许多自知之明并羞愧难当。才疏学浅，居然也无知无畏敢动笔涂鸦长安。但想想西安“满城文化，半城神仙”，一路西安，处处神仙，与神仙相遇的好处，是令我时时看见人生必须脚踩的那些础石，并自我寻思自己何以为汉家女？何以说汉语？何以写汉字？汉文化的础石就那样稳稳地立在那里，心神向往。

（原载《光明日报》2014 年 11 月 7 日）

此岸，彼岸

哲学家告诉我们，此岸到彼岸有多长，一生就有多长。但实际上，此岸与彼岸对于人生是远远不够的，此岸与彼岸并不能耗尽所有人的一生，有的人就没有彼岸。这个悲凉的认知源于一段心灵疼痛的旅程，旅程的疼痛始于2002年中元节，在台湾海峡的彼岸，我认识了一个与我们骨血相连却苦海无涯的群体。

一

我们去不去阿里山、日月潭？去不去绿岛？去不去澎湖湾？今天只有半天工夫了，还是先去看看基隆港？

我们这一代人，对于台湾的向往大多来自我们熟知的那几首台湾民谣，向主人"吱吱喳喳"地要求一一托出各自的台湾梦。

圆梦。《美丽的基隆港》，我们胡乱哼唱起来，从台北上中山高速公路，经过隧道就进入基隆，仿佛通过时光隧道来到了另一个世界。

基隆的确像是另一个世界。

那天，我们一行闯入的是一个临海依山次第而生的海港山城，它没有了台北的都市化，甚至连一片大平地都少见，三面环山一面临海，形似鸡笼，旧时就称鸡笼港。然而，基隆的别样，并不只在于山城海港，令人诧异的，在不期然中，我们闯入了一个勾人哀思的香火世界。满街飘散着各色冥钱焚烧的烟火，店铺门前巨大的或方或圆的铁盒熊熊燃烧着各式现代化的生活冥物，家家户户门前挂着灯笼，上书“阴光普照”“庆赞中元”“普度”等字样，处处插有“何”“蓝”“韩”姓氏的蓝白旗。仿佛丧礼，仿佛乡葬，仿佛清明，又肯定不是，街上的人们一脸虔诚和肃穆。我们一车的欢歌笑语霎时凝固，谁都未见过这般情形，只觉出阴气嗖嗖，以为闯入一个不该打扰的灵异世界。

主人没料到我们一脸骇然，她受传染似的急急告诉我们，这是台湾的“中元祭”，即中元节，鬼节，整个农历七月都是，尤以基隆为甚。

果然，穿过一城的香火，顺山盘旋到了“老大公庙”。这是基隆中元祭的中心，这天是初九，那里已是香客熙攘、灯明火旺了。回望山城，香火萦绕，冥旗飘飘；放眼海港，船帆猎猎，远海苍茫。基隆地势险峻，又是主要的登陆港。早期，大量的移民辗转漂洋过海来台湾，沿途葬身海底不计其数。这里的冤魂实在太多太多，便有了隆重的中元祭，有了后人悼祭在此不幸的亡灵，有中元普度节庆诵经超度亡魂并为后人祈福。

于是，每年七月以老大公庙为中心，以民间各方宗亲团体轮流担任炉主，并请道士或僧侣主持，举行普度、放水灯、放焰口等祭仪。而能担纲炉主的则为基隆人口最多、凝聚力最强的黄、江、林、郑、赖、许、刘、唐、杜、张、廖、简、何、蓝、韩等15姓的字姓宗亲会，今年的炉主“何”“蓝”“韩”宗亲会已在初一会同道士在此打开了庙侧龛门，启墓扉、放鬼魂，让冥界幽魂无主阴灵来到阳间，分享餐宴，直至七月底“关鬼门”。这么说，我们如今是与无主孤魂野鬼一起在四处飘荡？无神论的我们不觉打了一个寒战。

俗话说“当兵望落雨，饿鬼望普度”。在基隆，鬼神的期望的确得以圆满。七月初一“鬼门”一开，老大公庙夜夜点灯，那各家各户门前高挂的灯笼都是夜夜明亮的普度公灯，它们要整整点够30天，彼岸的幽冥到此岸享祭的来往之路，那是亮堂堂的了。那么，在阳界游走的我们则是借光了。在我们长期的理念里，我们是否缺乏这种对彼岸阴界的关爱之心呢？是否缺乏对此岸彼岸、对生死阴阳两界的追问呢？一时，便觉出了基隆人的可爱和可敬了。你想，如此尊崇彼岸各方冥灵、慎终追远，如此祭祀祖先、推己及人，如此充满敬天法人的情怀，其意义似乎早已超越了宗教。

二

真正感化幽冥，也感动我的是中元节的当天。

那天，到台湾中部的花莲，夜色已晚，统帅大酒店的房间正在直播基隆人中元祭的高潮——七月十四放水灯游行和放水灯仪式。那真是热闹非凡的场景，岸上彩船彩舞，水面灯火辉煌。所有的水灯不仅争奇斗艳，还争先恐后，人们呼喊着，许多青年人甚至上了年纪的人下水推"灯"助澜，各姓氏家族角逐相当激烈，谁都希望自家本姓的水灯能拔得头筹。因为水灯漂流愈远，则愈表示崇高诚意，对幽魂能有更多感召，也能普度更多的孤魂野鬼，并得以庇佑施灯的人兴旺平安。

那是非常隆重的祭祀，吸引了世界各地的大量的游客。人们的虔敬达到了极致，既在感化幽冥也在感动自己。

可是，今夜谁能感动那个广西老乡曾老伯千疮百痍的心呢?

车子刚进花莲时，主人指着路边一个院子说："那是'荣民之家'，住着全是在台湾孤身一人的台湾老兵。"同伴中的曾先生低声叹道："我老家有个叔叔可能还在里面，如果他还活着。"于是，我听到一个难以释怀的故事。

曾老伯是广西武鸣人，当年是村里有本事的青年，1948 年当兵前与青梅竹马的同村女孩结婚了，没料到这暮婚晨别，便是漫长凄苦的半个世纪的别离。曾老伯跟着蒋家部队一路血雨腥风一路魂牵梦萦到了台湾，然后，是谁也料不到的几十年始终不寐的思念，尽管音讯全无，他却深信他的爱妻与他心心相印，年年期待着回家与她团圆，这个梦想支撑了他五十余年。

也许，爱的确能创造一切，当世界还是一片死气沉沉的不毛之地时，是爱神厄洛斯"拉起了他的生命之箭，射穿了大地冷漠的胸膛”“黄褐色的大地立刻覆盖上一片繁茂的青翠”。生命是男人和女人创造的，万物是爱创造的，有生命的世界就有爱。

新娘也深爱她的如意郎君，在那个时代，她咬着牙把屈辱一一往肚里吞，一等就是近 20 年，然而，再坚强的脊梁也难以负荷严酷的时代，况且，她的新郎生死不明，杳无音讯。在众乡亲的撮合下，她改嫁了。

世经之交，曾老伯终于与家乡联系上了，口口声声回来与他的新娘团圆，没有人敢把真相告诉他。

54 年后的相逢已是尘满面、鬓如霜了，整整三个小时，两老相顾无言，执手相看，唯有泪千行。要开饭了，曾老伯兄弟让女方赶紧悄悄离开。落座时，曾老伯才发现这一切，悲愤交加的老人摔下筷子竟去追赶他的新娘，整整追了五里地，也没能追上他的新娘。

尽管残年兄弟相逢在，老伯更盼妻子在身旁。爱可以激发生机，同样也可以扼杀生机。曾老伯张了半个世纪的爱弦“砰”的一声断了，一生的期待在相见的瞬间，引发出令人惊叹的喜悦也带来令人沮丧的绝望。人的内心不可以没有期待，那是宗教，那是信仰。绝望中，他当即把自己带回来的一辈子的积蓄，也就是他原准备抚慰他的新娘并安享晚年的生活所依，全部送给了兄弟乡邻，并以最快的速度回到台湾海峡的彼岸，回到“荣民之家”的当晚就病倒了，并拒绝医治。

不久，在岸的这边，他的新娘也病重了。

花莲是石头之乡，它邻近的太鲁阁峡谷的大理石世界闻名。绚丽的石纹肌理分明，每一条纹路便是一次惊心动魄的板块运动。

我不知道，在曾老伯和他的新娘千疮百痍的身心里，发生过多少次人生的板块运动；我还不知道，基隆中元祭的水灯是否有一盏属于曾老伯。

精美的石头真的会说话？

三

一夜无眠。

清晨五点多钟，我便冲到令我心里堵慌了一夜的“荣民之家”，我只想赶在八点半出发前看看曾老伯是否还在世，我还想看看那些大陆老兵，他们是否像传说那样过着艰苦的生活。

没料到，那是一个漂亮的大院，排排行行的榕树掩映着一个个红瓦白墙的小院落，老人们说那是他们的住所，大理石的门楣也有些气势。

围墙外正有三位老人在散步，征得他们同意，我们聊开了。徐老伯是上海人，陆、李二位是安徽芜湖人。徐老伯说他回过上海，只剩几个远亲了。他说“我们都是孤身一人，有钱就有亲戚，没钱就没有亲戚”，大部分回过家乡的人，都回到这里，而整个大院（“荣民之家”也叫“国民之家”“荣军院”），有大半人没回过大陆，主要是家乡已没有亲人了。陆老伯、李老伯就没回去过。陆老伯说他有个妹妹以前在上海纱厂做工，他写了许多信，最终只得知她去了东北。他读过点书，他说：“我们一直都在等死，谁理你？80岁了早该死了，死了也没人理。‘人言落日是天涯’，我们望极天涯也不见家。”他说着宋诗呢，语气却冷漠。

当我问及曾老伯时，他们说虽然不认识曾老伯，但这类事在大院里太多太多，多半都是绝望而死。这个院子建了四十多年了，原来好几千人，都死得差不多了，如今只剩下七百多人，都是1949年从大陆过来的兵人，生活能吃饱，可是全部都是孤身一人，“没有想法呵”，也有极个别与当地人成家的。“他就是。”老人指着一位开着一部旧车过来的壮实老人说，他是安徽老兵，每天清晨他都会来陪他的老乡老战友们在大院门前的石凳上坐坐。安徽老兵说，他今早来晚了，因为昨晚中元祭到深夜，睡晚了。

难怪，我清晨打不着出租车，是酒店大堂副经理帮我叫的车。老人又说：“大院的人不关心中元节。”

他们说，他们钱不多，偶尔也会结伴到以大陆地名命名的风味菜肴餐馆、茶室坐坐，吃吃“乡情”：汕头沙茶、上海卤味、四川抄手、广东老火汤、湖州粽子、北平豌豆黄……有时，只上一碟驴打滚，听听乡音，解一解长长的思乡之情。然而，回到大院，又是一夜一路的乡愁。清晨，如此刻，万物还在沉睡，他们又三三两两，或以老乡为由，或与战友为伴，走走看看，有话没话，或者一阵沉默。他们说，乡愁一直都是只犬，女人梦则是一匹狼，它们在他们一辈子的荒原里嗥叫，怎么也挣不脱，它们交替着时时逼逐而来，闯进日梦夜魇里狂吠长嗥。许多老人便挣不出嗥声，惶惶然追犬而去了，更多的老人还在此生凄苦无望中挣扎。他们说，他们无所谓生无所谓死了，生死都没有人可以相会，曾老伯有可能与他的新娘相会吗？他们说“活也不是，死也不是”。

他们没有彼岸。

正聊到苦处，从大门里又走出来一位穿格子睡衣裤的老人，他听到我的恳求："老伯，您好，我可以跟您说说话吗？"

"不可以。什么大陆，什么蒋介石，我都不要！蒋介石老是说马上就带我们打回去的，骗人！"他愤然而去。

几位老人说："难怪他了，十几岁就离开北平的家，一身弹痕，又一直没回过大陆，没有任何亲人了。老蒋一直说带我们马上回去，喊了几十年，等不到也成不了家，老蒋还比我们先死，他有人送终，我们只能当孤魂野鬼了！"

老人们心中的耿介和块垒绝非外人可以想象的。老人们可不管政治，他们只想回到生命的本真，回到人生的起点——故乡，回到人生的生命之源——爱情。这是他们人生的此岸，尔后，在故乡与爱人一同走完此岸，在彼岸圆满新的世界。然而，乡关何处？爱人何方？此岸没有人等待他们，彼岸他们也没有人等待。

"生死都是可怕的。"

"我们在等死！谁管你呢！！"

这些时代的孤儿。

我曾看过一条电视新闻，在加拿大，老兵们每年 11 月 11 日都集会游行，为了纪念那些失去的战友并为此而自豪，他们认为他们已经为这个社会做出贡献。政府官员一同与他们举行纪念仪式，他们穿着不同年代的旧军装，高唱军歌，老泪纵横，感慨万千，队列里有不少华裔老兵。

然而，在台湾海峡的彼岸，我认识的这群与我们骨肉相连的群体，却是一个被遗忘被忽视的群体。

我有说不出的感受，我想，一切战争狂想都是有罪的。战争的残酷，不仅仅表现为对平民生命的漠视，也表现为对军人生命的漠视。

四

在与台湾黎明文化公司座谈时，我读到他们出版的陈漱渝先生的文章《以贫穷人为师》，让我难以忘怀的是陈先生提到台湾的孙大川先生写文章引用了威廉·詹姆斯对工业革命后现代社会中财富与贫穷问题的有关论述，特别强调要"以贫穷人为师"，因为：

——在这个世界上，有谁比他们更有资格告诉我们"不正义"的痛苦？

——有谁比他们更具权威、更具说服力地说出"被排斥者"的疏离经验？

——有谁比他们更了解"知识""职业"以及"住屋"对人的重要性？

——有谁比他们更清楚"饥饿"与破碎的"家"对人性的摧残？

——有谁比他们更知道"尊严"与人间善意的价值？

——有谁比他们更渴望"自由"？

——有谁比他们更清楚“恐惧”的滋味?

请允许我把它摘录于此,献给这些台湾老兵。

五

农历七月十五,台北在举行盛大祭拜的普度仪式,我们从花莲飞抵台中,驱车前往埔里。

在穿越南投的旅程中,随着黄昏残阳的逼近,沿途一直不间断的私普(家庭中元普度)越来越多,渐渐变得家家户户都在门前祭拜了,我们就在两边焚烧的冥物、供品中穿行,它已不是基隆一个小城了,而是几个小时长长望不到边的祭拜,仿佛我们也成了被祭祀的孤魂野鬼。尽管一周以来大家已有所领教,但还是在渐深的夜色中被如此的情形震住了,有人一直想笑话沿途的槟榔西施来淡化此情此景。然而,大家还是感觉到阴气嗖嗖地往车上冲过来。

孔子说“敬鬼神而远之”。一时,车上,有任何同伴对鬼神有一丝失敬言行或有不吉利言论,都招致群起而攻之,敬畏和恐惧积攒了一周的日子随风从马路两边的香火顺着空调车紧闭的门窗接榫处,一丝一阵穿心而过。

一车静默。

“今天是鬼圩呢。”有人冷不丁说了一句。

我朝墨绿的云海间望去,他们说鬼圩又称“绿圩”,说鬼圩坐落在绿色的云海间,热闹非凡。圩上,众鬼云集,比富比穿比欢乐,由阳间子孙后代供给钱财，谁家供得多，送得早，其家鬼赶圩就更显荣耀，可提前参与欢乐。没有阳间供给鬼钱的“穷鬼”，遭受冷落，不敢靠近闹区。尽管基隆人在为普度更多的无主阴灵而努力，然而，鬼圩上还是有冷暖之分。看来，鬼狐世界也是人世的，同样充满卑俗势利。我突然明白了，为什么“荣民之家”的老人不关心中元节，为什么他们说没有彼岸了。

来自另外一个世界的意义对此世之人的作用更加严酷。我想，我们过去的世界实在缺失对此生来世的描述和追问了，此岸彼岸我们知道得太少，这才会导致我们此行一再产生恐惧。

其实，这些本来就是我们文明的一部分。

比如，就文学而言，神鬼世界、博物志怪的文学传统极为丰富，它神秘、奇妙、幽深、灵异，它们描摹人事，委曲生风；抒写鬼狐世界，虚实相映；极具想象力又富于象征主义。山鬼出没，触发屈原，写成骚赋；神仙幻化，启示李贺，吟成诗章。更不用说《庄子》《山海经》《搜神记》《世说新语》《博物志》《拾遗记》《酉阳杂俎》《幽冥录》，还有《聊斋志异》等等。这些书当是风雨敲窗时的最佳读物，正如此时此刻。当然，创作他们的先师并不知道什么主义、什么手法，他们就那样随性随意描述着、创作着，如此自由，如此自在，这不是文学，又能是什么？

2003 年 7 月台风“伊布都”降临之际

（原载《人民文学》2003 年第 11 期）

耶鲁独秀林樱

2002年4月的一个清晨，在康州千顷万顷的阳光中，我们穿行于不知是纽黑文市还是耶鲁大学的街道上。在美国，大学不像我们用高楼高墙包围着，它是开放式的，大学就是城市，城市常常也是大学。就如眼前纽黑文与耶鲁这样难以区分，它们互相拥有，比如街道，比如耶鲁培养出来的五任美国总统，比如13位诺贝尔奖获得者等。而对于中国人这里录取了中国近代史上的第一个留学生容闳以及之后的詹天佑、梁诚等等中国的栋梁之材。

走在整齐划一的街区，渐渐地便感受到一种历史庄严、开放自由和博大生机。耶鲁大学东亚图书馆副馆长龚文凯博士，指点着眼前的哥特建筑丛："那是交谊大厅，教学大楼，那是法学院——克林顿与希拉里就是在这里第一次相识和相恋的，东亚图书馆——你们马上开始的中国作家赠书活动就在这里进行。"建筑的意义就是这样，过去和现在都可以活在其中，似乎每一座建筑都有一个“前世”的故事，而这种历史的性灵，在我眼里正代表了耶鲁的魅力。说话间，我们走近一个雕塑，陪同我们的冰凌先生兴奋地告诉我们，那是耶鲁女生纪念碑，因形同桌子又叫女生桌，是林徽因的侄女林樱设计的。我仿佛被击中一般：世界名校，林樱，华人女生，林徽因的侄女。这一串美丽的意象犹如“前世”的故事，令我着迷。

我喜爱林徽因。新文化女性中，在我心目里林徽因是第一人，这不仅在于她没有那时文人的颓靡、滥情和做作，也不仅在于她纯正的诗文以及建筑奇才和创造天赋，而在于她在民族危难之时为中国建筑史做着实实在在的杰出的贡献，更在于她为人的优美与激情、刚烈与克制、明朗与大气。如今，满城争说的林徽因是个风流的伤情女子，这讹之又讹的恶俗传说，不仅肉麻，更是对林徽因的一种误读乃至侮辱。幸而，林徽因没有面临这场快餐文化的灾难；当然，她也没有看到他们家族为人类贡献的另一位才女林樱是耶鲁的独秀。

的确，林樱在西方的现代建筑史上，为耶鲁争足了面子，也为中国人（尤其中华女性）赢得了荣誉，犹如贝聿铭，犹如她的长辈梁思成与林徽因，1940 至 1947 年的梁思成还是耶鲁大学的聘问教授呢。只是中国的建筑大师梁思成与林徽因没有料到，他们的侄女创造的是融汇东西方文化的神来之笔。

女生碑坐落在耶鲁东亚图书馆门前，一大片椭圆的黑色花岗岩的剖面，椭圆的中央是一个圆孔，水从螺旋上升的圆孔中不断涌现，匀匀地一波一纹地向整个桌面漫去，无声无息无休无止，亦水亦岸的剖面上，以波纹的走线，排列着耶鲁自1873年以后女生的名字和数字。它无声地告诉人们，在耶鲁300余年的历史中，有近三分之二的时间里没有女生，而最早有幸进入耶鲁的是两名艺术系的女生。这横如眼波的薄水就这样清清浅浅顺顺柔柔地润泽着女生入校时的数字和年代，一如女性的平和蕴藉。尽管太阳强烈，我静静地坐在女生桌下那半圆的大理石凳上，不仅与所有到过此处的家有女儿的人们一样，留个影，以祝福家中的女儿也能考上如意学校；我还要听听这水声、看看她潋滟泽光、感觉她的味道。这时，清风忽来水面，那水仍然不黏不滞，干净、透明，清澈、无尘。我知道自己需要这片水，可以为镜鉴出自己内心之浑浊，以有所清澈有所归依。便想起苏东坡"好风如水"之说，如果他看到这女孩般无纤无尘的波光，他会不会说"好水如风"呢?

这的确是一片好水，只是西方人是否知道女人是水做的这一东方文明? 是否知道中国河姆渡文化和大汶口文化中水盆、水瓶和生命之树(花)的崇拜。是否知道中国关于生命源于水、生命之树通天地而源于水的原始哲学观念? 还有那象征生命之源的阴性符号:椭圆、棱形、凹形等，还有女生碑剖面上蕴藉的圆孔。这圆孔不仅是整个剖面汩汩流水之源，它更是女生碑的灵魂所在、生命所在。在中国原始人的观念中，圆穿、圆圈、圆点，同人的眼睛一样，是自然万物的眼睛和生命之所在，这犹如玉圭凿穿与汉代圭碑凿穿，其意义并非常人所说是为了便于佩系和葬礼穿绳往下系碑时出于实用，而是出于玉圭、圭碑凿穿成灵，成为通天通神、生命永生象征的通灵圭目。其实，这是人类的美学观念，它在现代雕刻抽象艺术流派中早已作为艺术规律而在普遍起着画龙点睛的作用。我想,林樱的丰富、深刻和柔韧大约也在此了。

还令我着迷的是整个雕塑的材料——黑色花岗岩,凝重、深沉、高贵也纯正。而赋予黑色生命的是阴性符号的椭圆与鲜活无际的流水,这轻灵的律动是女性的舞蹈,她展示了一种女性的平和柔韧、超脱束缚、飘逸流动的美感。林樱完美地融汇了梁思成的厚重坚实、林徽因轻盈灵动的东方艺术风姿,再以寥寥的几何线条便把西方现代技巧化为神奇,我仿佛触摸到林樱如同林徽因那时时涌动的难以遏制的强烈的艺术灵感与创造力了。因此,这神来之笔只能属于林樱 ,无人替代,独一无二。于是,天才的林徽因便拥有了富于国际声誉的同样天才的侄女林樱。除却天资之外,什么是家学? 我想这便是了。

女生碑就这样立在耶鲁东亚图书馆门前,与中华文化、东亚文化,更与世界文化的书香为伴,日复一日,永远不断;林樱富于人文精神的女性关怀也成为一个永远的绝响,与东方女性的魅力合一,日新月异,永远焕发,独秀于耶鲁。

令林樱成为耶鲁独秀的,还不是女生碑;设计女生碑时,她已经名满世界,因为她还在耶鲁念大二时,小小年纪的林樱居然设计了越战墙。那是一个国家纪念碑。林樱居然在 1421 件作品角逐中荣获第一。21 岁的华裔女生,美国的纪念碑,这不能说不是对美国人情感的一种挑战。这是真正的天才了。而被选与选择之间,其文化含量也一样伟大,其中就有一条是人类必须遵循的公平竞争的规则,以及这规则后面的文明、活力乃至趣味。在这些规则面前，林樱是幸运的。

越战墙林樱用的还是黑色花岗岩，岩石深埋大地，并竖排成直角的两面墙体，墙面上光鉴照人，上面刻着56132名越战阵亡将士的姓名，据说要三天才能从头到尾看完所有的名字。一本阵亡将士名录安放在起点的石桌上，他们的亲友，可以据此索引找到他，给他放上一朵鲜红的康乃馨或玫瑰或一面美国国旗。当我站在这样一朵红玫瑰前，望着墙体上映照的自己以及行走的生者，在感受着林樱虽死犹生、生死无界的创造理念的同时，我深切理解到受难者的死亡记录对于人类的意义，假如忽略人类历史悲剧中的受难者，我们就是在轻践人类和生命本身，假如忘记了战争的罪恶，就难以抵达真正的现代文明，这是人类诗意的信仰。

"那是一个老兵。"朋友轻轻对我说，我顺眼望去，只见一个理着齐刷刷平头的花白后脑勺，定在黑色的墙体前，一动也不动。这个斑白点点的老者与一个全副武装穿梭于亚热带丛林中的战士是同一个人吗？那时的潮湿、闷热，毒蛇、虫蝎，暗桩、陷阱，恐惧、伤亡。时间无情，它竟让你找不到当年，了无旧痕。但他就那样一动不动地站在那里，你能感到他的苦痛，他如墙如山的沉默。是的，战争是统治者挑起的，而最后承受战争苦果和灾难的却是人民，他们无法掌握自己的命运。今天的他们只能无言以对，只能选择泪水和静默，这便是全世界老兵的今天。老兵用手轻轻抚摸着墙面上的一个名字，当年的同伴已不能相济相助了，唯有沉默。我似乎看见了老兵的泪光，似乎看见他沉默的外表里翻卷的几十年的岁月：血汗、人性和情感，英勇、艰辛和沉重，不堪回首，还有永不消失的死亡的恐惧和难以愈合的创伤。老兵还在枯站着，伴着夕阳，与那座同样沉默的黑色的碑墙连成了一体，他就是一面越战墙。我不得不钦佩林樱的深度，钦佩她年仅21岁居然就弄出如此深刻、博大的文化意象，一个中华女孩就这样接通了生者与死者的阴阳之界，黑色花岗岩映照了所有生者与死者的现在进行时，"前世"和"现世"相会于此。

其实，林樱这简洁的两面墙体相错成直角的半个四方连续图案，正是天地相合，阴阳相合，生命永生、灵魂不死的阴阳哲学观念的典型符号。如果说耶鲁女生碑体现了林樱"水"的理念，那么入土而立天的越战墙便是"天""地"的概念。于是，天、地、水三界生命起源的东方文化观，在林樱的现代创造中便得以完美显现了。而美国国家纪念碑评审委员会是这样表述他们对林樱越战墙的选择的："它融入大地，而不刺穿天空的精神，令我们感动！"东西方文化在这里殊途同归。

意象万千的女生碑与越战墙就这样成就了永远的林樱。

离开美国正好一个月，这个月里我常常沉迷于对林樱的遐想中，心里真的是愉悦万种，为中华优秀的女性，为林徽因，更为林樱。心里常常涌出林徽因的诗句"直到灵魂舒展成条银河，长长流在天上一千首歌"，此时，握笔的我正以灵魂唱着这无数的歌。

（原载《羊城晚报》2002年9月25日）

“0 点”废墟

在没踏上美国国土之前，许多人都告诫我“9·11”之后，美国航空安检的严厉，却少有人提及“9·11”对美国人精神与生活的重创。在我随中国作家代表团访美的4月间，一颗颗受难的心灵时时牵动我的神经，它刺痛了我的日常生活，这份伤痛来自所有不同肤色的美国人，包括我们的华人同胞。时过半年，痛定思痛。“9·11”已经成为美国人一个永远的受难日，“9·11”已经成为人类悲剧史上一道永远的伤痕，它将给美国人给人类的未来生活带来许多根本性的变化。

为此，我理解了美国航空令人恼怒的安检，在我穿越美国东西部的旅程中，虽然我的同伴朋友，一次次遭遇近乎搜查式的安检，而我的齐腰长发也被一次次“梳理”，然而，我还是默默地配合着热情有加的美国航检人员，犹如过去的7个月里美国人无可言说的静默，那是一种难以释怀的沉默。

静静地祈祷，是美国人疗治心灵创伤常用的一种方式。

4月13日，在中国驻洛杉矶领事馆欢迎我们的酒会上，一位同胞向我描述着当时她的恐惧和苦痛，那天，她的女儿要到大楼里上班。“所幸的是女儿还在路上，可成千的美国母亲却在瞬间失去了她们的孩子……”她哽咽着，周围一片静默。

4月16日，在耶鲁大学的欢迎交流会上，我们见到英姿飒爽的校长夫人（雷文校长临时到市府开会了）、中国驻纽约领事馆的文化参赞、领事以及耶鲁大学的汉学家们，见到著名学者、耶鲁大学东亚文学系系主任孙康宜教授，她也是我们《南方文坛》的作者，更见到孙先生对“9·11”的描述：一种前所未有的沉默笼罩了世界各地，也笼罩了耶鲁校园，这个产生过美国五任总统的世界名校，当晚就有无数的耶鲁师生以一种惊魂未定的心情举行了一次名副其实的默祷。整个广场鸦雀无声，只有在黑暗中到处闪烁的烛光以及雷文校长极其沉重的哀悼声：“这个悲剧性的灾难破坏了我们国家的平静，也威胁到全人类的生存，这个突来的悲剧震撼了我们每一个人的心灵。”“在耶鲁三百年校庆的前夕，没有人想到会遇上如此惊天动地的恐怖事件，我看见学生们大多低头落泪，有些人抬头望着夜空，一切都默默无声……”孙先生疼痛难已。

我的朋友、全美中国作家联谊会会长冰凌先生告诉我，“9·11”事发的时刻已被美国人称为“0点”，“9·11”废墟也被称为“0点”。是的，时间在这一刻在美国人的心里是静止的，这是一个巨大的空白，一个巨大的黑洞，犹如4月18日我所面对的“0点”

废墟上那巨大的黑洞。这个深陷地下黑黑的大洞仿佛撒旦罪恶的大嘴，在咀嚼着人类的良善和现代文明，咀嚼着美国民众在四周挂满的死难者遗物所呈现出来的巨大伤痛。车内一片静默。我的眼前浮现的是电视上纽约民众当时惊惶走避的情形，浮现的是这巨大的“0点”黑洞以及相邻大厦剥落的墙体，浮现的是人类在恐怖主义面前的惊惶、焦虑和悲愤，浮现的是丧尽人性的人们及其霸权带来的罪恶和灾难。我明白了纽约市长朱利安所说的“这样大幅度的伤痛远非我们所能忍受。”是的，这是远大于“珍珠港事件”的创伤。今天世界最强大的美国怎能料到会有如此地惊天变的灾难？美国人又怎能料到在自己的美好的家园也会遭遇他人的袭击？号称文明的人类为什么会对自己的同类做出如此丧尽天良的事情？现代文明给人类带来的和人类所向往的不是应该一致的吗？为什么？

永无止境的追问也无法阻止永不静止的时间在美国的时刻表上一动也不动。这不仅是美国人的“0点”，这是全人类的“0点”。

“0点”就这样赤裸裸地展示着人类胴体上的伤痕，但愿它能引领人类从暴力、罪恶和毁灭走向忏悔、自省与和平。我以为“0点”的静默意义，正是美国人寻找到的一种心灵的治疗，这是一种疗伤的过程。

在这过程中，人类突然变得焦虑和小心翼翼。所有的公众场合全都强化了安保措施，犹如即将开赛的世界杯所进行的严密有加、史无前例的防卫，以确保世界球迷有一个欢乐的足球之旅。当人类在自己的家园都无宁日，那么世界于人类还有什么意义？“0

点”废墟不仅令人类疗伤，更令人类反省与建设。

走离“0点”很远，车上有人说笑。我把笑放在嘴边，但那笑却离嘴有一尺远，我知道“0点”的阴霾已把我的脸皮风干，在这4月的失去双子大楼的曼哈顿，悲凉是景。

（原载《羊城晚报》2002年8月17日）

维也纳森林的故事

就着春夜的温暖和伤感，我写下这个题目，心灵回响的并不只是施特劳斯的同名圆舞曲，我渴望的是与维也纳森林对话。

这也许是一种精神野心，但我更愿表述为是一种对美好记忆的诗化，或者说是我逃遁现世最好的方式。生活的谎言有太多令人随时升腾又随时坠落的伤感，而单调的山野森林，却代表了永恒的素朴和真实，犹如一部原始诗集，足以让祈求宁静安然的我心折。何况，维也纳森林还有施特劳斯们，有令我着迷的绝世美女茜茜公主，更有令我神怡意远的记忆。

一切都清清楚楚，一如昨日。

那年，在整个欧洲行程中眩晕不断的我，最恐惧的便是总觉得自己永远在高速公路上以二百公里的时速旋转。面对巴黎到戛纳公路两旁整齐划一的葡萄园，满山遍野的绿草、牛羊、黄花，无奈中，我也只能让这份生机和灿烂与我迷糊眩晕。然而，在穿越数个长达二十公里的隧道之后，一阵清风吹来，展现在眼前的是大片大片的山毛榉、栎树、冷杉，山地坡麓和谷地还有村庄的袅袅炊烟，始终环抱着我们的阿尔卑斯山脉，林子边不断出现的湖泊，还有公路旁雀跃的赤鹿、灰兔，我不禁阵阵轻呼。这比我在戴高乐机场看见满草地野兔时的惊喜多了几分欣慰，仿佛找到了家园，我明白自己总是中意于山幽水清、环境雅静的地方。是啊，维也纳的山野清洗了我一身的疲乏和困顿。

终于，坐在一个距维也纳几十公里的湖畔。风携着花草的清香从前方青黛色的山林长驱而至，拂过波光潋滟的湖面直沁心脾。面对远处的阿尔卑斯山脉，面对记忆中的维也纳森林的故事，面对湖面上恬然自乐的水鸟野鸭，面对湖畔草地上坐在大藤篮里荡秋千的孩子，我只觉得灵魂出窍，仿佛这是我的新世界，我一世的幻想。温情中，我走向那些欢乐的孩子，犹如这块土地上的著名影片《音乐之声》中，无趣的上校终于情不自禁加入他的孩子们的歌唱，歌唱深情的《雪绒花》至今仍令世人倾倒。我满心微笑摇动着秋千的蓝绳，藤篮里的金发男孩快乐地在我的沉醉中飞翔起来。同伴用镜头为我定格下这个令人神迷的画面，我感激她。

其实，山水、森林、湖泊、月光、星空和野花都是些很重要的滋养性灵的东西。难怪素来喜爱郊游、骑马的茜茜公主，在森林得以与弗兰茨·约瑟夫（1848—1916 年在位）四目相对；难怪在《音乐之声》里，能有女教师和孩子们在山野林间的无忧无虑以及由此唤醒的上校自然素朴的欢乐天性；难怪施特劳斯在森林散步时能舞蹈出《维也纳森林的故事》；难怪萨尔茨堡的林间至今还跳跃着莫扎特的旋律；难怪贝多芬穿行在维也纳森林能弹奏出《第六交响曲》(《田园交响曲》)；难怪舒伯特神迷于维也纳的花妖树魔，一曲《魔王》令天下人尽想维也纳森林的故事。

自然，一草一木总关情，离开了心心相印，离开万物有灵，草木也会无趣。令奥地利骄傲的茜茜公主在林间开始了她富于传奇色彩的婚姻。当年《茜茜公主》系列电影放映时，全世界都为之着迷。然而奥地利人却认为，电影里17岁的施奈德(她也因此而成了国际影星)饰演的茜茜远不如生活中的茜茜公主漂亮。当我在美泉宫看到茜茜的真实画像时，惊叹不已。这才明白奥地利人对施奈德的轻视，才明白汉语中“高贵、美丽和绝世”的真正意义。维也纳人还告诉我，茜茜与弗兰茨·约瑟夫的初恋的确如电影所描述的那样神奇浪漫。然而，婚后的茜茜皇后并不开心，曾发誓要经常与她到维也纳林间散步和骑马的夫君，作为一国之主，连同其他一些向茜茜许下的诺言都实难兑现。我便想，女人的神经血管、心灵毕竟有异于男性，只企盼真爱的女子最后只能弄伤自己的身体和精神。对此，我至今都难以明白。那么，在林间独自漫步的茜茜公主最终能否安然于世呢？我没有来由地想起茜茜公主与众不同的房间，里面有一只浴缸，浴缸上方吊有一个圆环，据说它是用于茜茜公主沐浴时吊束她那头美丽曳地的金色长发的。有如此美丽的生活场景，我觉出茜茜的优美、从容和优雅了。

维也纳的书籍、明信片、钥匙链，甚至巧克力上都印有茜茜的画像，这些都是她35岁之前的画像；在35岁之后，她便拒绝所有画师为她画像。于是,青春的茜茜公主便成了奥地利永远的美丽和永远的音乐。

在某种程度上,占有国土面积百分之四十的维也纳森林孕育了世界音乐的精灵,她们在那蓝色的湖水、绿色的丛林中游走。活跃的节奏、丰富的情感表现、浓厚而清远的音色,伴着热烈和轻灵飞翔于维也纳的上空,飞翔于全世界。人类为此而清澈灿烂,曼妙歌舞,返老还童。

我明白了为什么浪漫主义诞生于德国,奥地利历史上与德国本来就是一体,“维也纳”德语即为“东疆”。因而,它的音乐传统也与德国一脉;我也明白了欧洲谚语“森林是我们的面包”的真正含义。

一位交往很少却颇能相知的朋友,曾很伤感地指责我们中国人对待森林和土地的粗暴。他说:“大地是母亲,这句话绝不能止于言语,北欧人耕地都用木犁,而反对用铁犁,他们认为大地是母亲,所以不能撒野只能温柔待之。”我想这大约也算是一种农业文明吧。

当然,不同的生活土壤造就不同的文明,可是我们毕竟共同拥有自然。我深信环境养人。

接着,朋友还告诉我他在北欧生活时的两个小故事。他说周末的晚上,他常常被一群德国青年拉到森林里过周末,所有的人不带任何食物,饿了,大家自己找东西吃。他们每个人都有很强的甄别树叶、野菜、野果的能力,他们说当人类没有食物或是大饥荒时,“我们能生存下去”。森林的确是面包。还有一次在丹麦,房东老太太领着他在森林里散步,那时大约下午两点,林子很静,深处不时遇见一两座用树皮编成的猎人木屋,他说感觉好极了。他就是在那个时期时刻感受到欧洲人对森林的深情的。我插言问他,在林子里游走,有没有想过会从大树或青藤或岩石中跳出一两个妖怪或神仙或精灵什么的。他说那是自然的,那毕竟是生养安徒生的地方。我想,那真是一种神秘、奇异而美好的境地。要知道这是我与女儿读到安徒生、格林兄弟时常常描绘的梦幻了。走笔至此,我还能感到一种甜丝丝的留恋。再说,友人正为森林而醉时,他与丹麦老太太已踱到了一面湖镜边了,几只白天鹅正在清澈的湖面上自在地游弋着。这时,落日的紫云闲闲地散落在湖光里,房东老太太不禁喃喃自语:"假如我死后能上天堂,我相信天堂也就是这样的了。"朋友不禁牵紧老人的手。"我感到有一种力量,正从林子的深处悄悄袭来,我的眼角一热。"朋友这样告诉我。

是的,生活常常让我们失望伤感,同时又总是有一种力量让我们泪流满面,总是有一种力量让我们抖擞精神。正是这种力量,使老人像施特劳斯们一样,在森林里获得了灵感,她似乎感知到了她未知的冥茫。于是,她把自己对生命执着的爱延续到生命之外,她超越了生与死的界线。兴许,这也是一种生命之根,根植于此,森林、生命、人生、死亡便都有了意义。

记得梵蒂冈圣彼得教堂的众雕塑中,有这样的一个情节:见不着真容的骷髅上覆盖着一块猩红丝绒(大理石质地,但丝绒的轻软和光泽却可感可视)——因为在时间面前,人人平等,人,无论贫富美丑,都会死的。雕塑家是这样表述了时间和生命的自然性。

不久前,世纪老人冰心的葬礼不就是在一种盎然的生气中进行的吗?

当然,这些都已不是维也纳森林里的故事了。

(原载《作家》1999 年第 12 期)

朝云，朝云

最早知道朝云，是在苏轼的《蝶恋花》中，而后在林语堂笔下。并且知道朝云独自安息在鹅城惠州的西湖边上，知道朝云墓洁净，且有几分华贵。有山有水，还有圣塔和一座亭台、几间佛寺。访客可以听见傍晚的钟声和松林的轻唱。

当我远道来访时，却在西湖风景简介及旅游图上找不到朝云的仙迹，待一路询问至曲径通幽于禅房深处现出坟茔时，我吃惊地发现朝云墓竟出乎意料地清秀幽静、朴实无华。这也算契合她佛徒的信念。墓地除了多少显示它气派的一坡松林和亭台外，就再也普通不过了——一色南方墓地特有的灰黑墓碑和圆穹，碑上刻着“苏文忠公侍妾王氏朝云之墓”。

是的，朝云出身歌伎，也只是苏轼的侍妾。兴许这是今天旅游出版物上不闻其迹的缘故。但她却是苏东坡一生所遇的女人中，最了解他、敬仰他、热爱他、帮助他，同时也是他深爱的女子。

而且，唯有她在东坡一再被贬谪流放、荣华富贵散尽、原有的数妾弃他而去时，相伴东坡涉万里南来，从京城到黄州到惠州，如影相随相知相护相爱，自然也相生相应。这使苏轼在晚年写下了满心的感激和炽情。他俩都把彼此的爱情推到了极致，可歌可泣。

朝云贵为东坡妻（我们实在应该把她看成东坡的妻子了，再说，妻妾制本来就是人类社会的糟粕），可她却没有东坡两位亡妻王弗、王闰之姐妹的宦妇生活。她褪下旧日的长袖舞衣，与东坡一起，为民造福并为百姓散尽钱财后，开菜园、躬身耕种、缝补洗涤，克勤克俭，为东坡解愁，为生计而力行。

朝云为爱而活，而且活得清明；朝云自主自立，绝非古代名夫人所能及，甚至还超越了许多现代女子。

朝云是丽人。秦少游就曾赞她美如春园，眼如晨曦。12岁被杭州通判苏轼收为侍女时，歌女朝云不识文墨，但她竟然能把一腔爱意化为了聪慧。渐渐地，她不仅能读书了，并学会了书法，还能把名人的诗词名句串连成首，而且意顺韵通。更令东坡着迷的是，他的诗词，只要她念上几次，便可熟背，且配上恰当的曲牌放歌高唱。唱，是悉心沉醉，传韵扬情；听，是满意可心，欣喜神迷。相生相应中，又是一种何等境界的和谐呢？我们只有去读苏轼为朝云留下的天地诗篇了。

这颇具现代性质的爱情，在从来不谈爱情的旧式家庭里，已经远远走出了才子佳人式的肤浅，尽管才子佳人式的爱情在古代已包含了进步因素，这也更是与女子无才便是德的传统格格不入的。

我如此理解并热爱朝云。朝云实在活得不同凡响。她爱得够浓、够烈、够艳，也够精彩。她一甩低眉回首的风雅，不仅陪东坡谪居黄州，并在幼儿死在襁褓之后，再陪东坡走南荒徙惠州。此时已是32岁的她有了自己的信念，她与57岁的东坡开始皈依法门，竟如金童玉女般过起思无邪的佛门生活。他俩在丰湖建起了行善的放生池，在为百姓散尽钱财后，他们祈求着上苍保佑贫民；他们一起读经炼丹，一起迎朝阳沐月光……于是，他们化入了一个恋爱情操与宗教精神水乳交融的圣洁境界了。

白发苍颜，正是维摩境界。空方丈、散花何碍。朱唇箸点，更髻鬟生彩。这些个，千生万生只在。

好事心肠，著人情态，闲窗下、敛云凝黛。明朝端午，待学纫兰为佩。寻一首好诗，要书裙带。

东坡在这里已不再担忧他的天女维摩朝云，成仙后不系念俗世姻缘离他而去，而是把他俩的爱在情感和宗教意义上又升华到一个更为激情的境界。苏轼是一块丰碑。

朝云是无缘读到外国名篇《红帆》的，可她比起那位决心用一生的时间渴望邂逅驾驭红帆的王子的女孩幸运多了。朝云虽然遭遇了凡人所难以克服的困苦，可她34岁的生命终究有近23年生活在自己心底的红帆上，并使自己平凡的生命放射出最耀眼的光芒。沧桑中更显美丽。

这似乎又是诗的占卜。然而，谁说人的遭际不存在着一种公平？

苦极乐极美极的朝云，最终还是敌不过南荒的瘟疫，34 岁时念着一首偈语仙去了。

一切有为法，如梦幻泡影。

如露亦如电，应作如是观。

悲极伤极的东坡允着她的意愿，把她安葬在丰湖（今已称西湖）边的山脚下。和尚们筹建了六如亭纪念她。据说，就在她下葬三天后的晚上，下了一场大雨。第二天，农人发现墓地有大大的脚印。于是爱戴她的人们都相信是圣者来引朝云进入西方世界了。一时佛事鼎盛。东坡是葬下了朝云，可朝云的故事却无法安葬。

无比热爱她的东坡亲撰了她的碑文（而今碑就立在她的身旁），并写了一诗一词悼念她；东坡还因“伤心一念偿前债，弹指三生断后缘”，果真谢绝了美貌少史温超的爱恋，而鳏居到老；东坡还从此不忍再去丰湖，这是他俩最喜欢野宴的地方，而今安葬着她。朝云怎能安息呀？然而，最令她魂灵不安的是，当朝宰相读到东坡两行描述他在春风中小睡的诗句时，竟说：“原来苏东坡那么惬意。”轻轻拂袖间，她的东坡又遭大祸，被贬至更蛮荒的天涯海角。然而，朝云的东坡天心依旧，任凭千磨百炼。朝云唯有不息了。东坡和朝云的爱，就这样圆满了它原有的神性。否则，民间何以有如此多的“朝云还魂护诗翁”的传说，六如亭不是又称还魂亭吗？否则，鹅城的百姓何以在朝云的生日（十二月初五）为她“多立会祝寿”？何以有书记载北宋末年的“盗匪”谢达攻占了惠州城，焚烧了不少商店房屋，但却为朝云“修理坟墓，致祭而去”？这绝非仅仅是强盗的冷铁心底一角暖处使然，这实在是东坡朝云的情缘和为民的品性所散发的人间暖意抚慰着一代代人心，终成千古绝唱。真正的爱情本来就是人类所属所求所望。

朝云是爱神。

一阵寒风刺骨而来，我才发现自己望着朝云的墓碑发呆太久了。转身下墓阶，发现墓沿零星地供着不少鲜花，这定是访客们的祭礼了。抬头望向六如亭，便读到清代名士手书的对联：

如梦如幻如泡如影如露如电

不生不灭不垢不净不增不减

朝云，这便是你的精神？而与你们修建的苏堤相望的对联则多了几许苍凉：

从南海来时经卷药炉百尺江楼飞柳絮

自东坡去后夜灯仙塔一亭湖月冷梅花

朝云，这该是你的一生了吧？

朝云，冷梅花。

东坡早就喻你为梅花白衣仙子了。如今，你的四周已种满了梅子，而不仅仅是你生前听东坡咏过的松风亭的两株了，一坡都是，虽还矮小却开满了碎银般的花色，冰洁而亲切。我曾在东坡的眉山故居，迷恋过一树蜡梅，豆粒大的花骨朵儿鹅黄华贵，兴许是领了蜀地的王气，一副不为尘世所生的孤傲玉立。而今，方觉在眉山时的我肤浅，且不说西湖的白梅如不如眉山蜡梅的孤芳冷艳，但它却实实在在地多了许多凡人的暖意，一如朝云生命的本色，平凡得着实令人热爱。虽然眉山三苏祠内苏轼的家谱故居也立着朝云的蜡像，可眉山的富贵毕竟不属于她，她是属于惠州的，属于平民的。她高贵，高贵与富贵只是一字之差，却昭示了她不平凡的人生。

白梅普通，却美得可人。

吹拂着白梅的冷香，只觉得 1996 年春节广东遭受的百年不遇的寒潮竟多了些暖意。漂流到惠州妹妹家过年的我，忽然对眼前的情景涌出一种相见恨晚的感觉，浓浓的，一时是如何也化不开了。

此地如此造化钟神秀，我怎么今天才来呢？过去，我一直以为东坡与朝云不外乎又是一个才子佳人的范式罢了。我怎么也没想到在苏轼系年表上那一行“绍圣三年，七月，爱妾朝云卒于惠州”，竟蕴涵如此不朽的故事。这实在是我不懂人生，不懂世界，更未深领爱的精神。今天，驻足净地，我不知不觉忘却了身边那些令人心乱的事体，在平静的心绪中，自己战胜着自己。

又来了访客，大年三十的，尽管没有路标。朝云，并不寂寞。我走进六如亭，在光亮的闪着沧桑风雨的石椅上坐下，看一拨一拨的人，一簇一簇的花，来了，默立，然后离去。

许久。

待我走出西湖公园的大门，才发现早已过了妹夫开车来接的时间。迷路，我又开始了迷路，就连出租车司机也找不到妹妹家显明的大院了。更不可思议的是，妹妹家的电话居然就在这两小时内久拨不响。朝云，我迷失了。如今，我常常迷失，总在人群中寻觅自己，寻觅心灵的风景。朝云，你是标识吗？你是岸吗？

第二天，大年初一。再访西湖，已是与妹妹合家同游了。此时，整个南中国狂风大作，寒风凛冽。

又过朝云墓，瞥见墓前多了几簇鲜花，康乃馨、玫瑰、水仙，鹅黄、血红、雪白。妹妹说："每次到西湖，都见这里有鲜花。"

走近六如亭，忽然我发现墓穹铺满了梅花，这大约是呼啸的寒风刮落的。我竟没有一丝惜春叹春，而是满心惊喜：太美了，黑地上的白梅极其晶亮洁净，平淡地看着过大年穿着绚烂的人们。素来自视清高的我突然间有了一种自觉凡俗的叹息。是呀，"高情已逐晓云空，不与梨花同梦"。

朝云，这就是你吗？

（原载《广西文学》1997 年第 4 期）

地狱之门

电影《罗丹的情人》叙述的是这样的一个故事：

1880年，法国著名雕塑家罗丹接受了官方的聘请，为巴黎装饰艺术博物馆的大门并为西侧门框作浮雕装饰。

在罗丹巨大的工作间里，成群的青年雕塑家以学生的名义把自己对罗丹的崇拜和自己的艺术才华，去服从和实现罗丹这项宏大的艺术工程，巴黎年轻的女雕塑家卡耶儿也在其中。一天，罗丹出现在工作间，卡耶儿热烈的心狂跳着，激动慌乱中手上的工具高高落地，高傲的罗丹正要发怒……突然，奇迹出现，咆哮着的罗丹突然呆立了。原来，不知所措的美丽的卡耶儿正高高地愣在这个庞大的作品上部的两个人体雕塑之间，形成了一个极为完美的造型。于是，这个被称为《地狱之门》的世界名作顶部有了一个令世人过目不忘的美丽造型。而天才的卡耶儿也从此步入了自己人生的地狱之门，一曲哀婉的女性悲歌回响于全世界。

当时的罗丹创作灵感正处于低谷，是身为“学生、情人和灵感的启示者”的卡耶儿帮助他寻回了自己的艺术灵感，并使他明白只要自己总是役于情欲，他就永远不能臻于毕生企盼的完美境界，罗丹承认卡耶儿对他的贡献和牺牲。要知道，在卡耶儿美丽的外表下，蕴藏着隐秘而强大的艺术力量与烈火，她可爱的大脑感应了它们而激发出一种超人的艺术灵感和创造力，充满生机，极具天才。她把这一切献给了她敬爱的罗丹。“女人对爱情的理解是十分清楚的，这不仅是奉献，而且是整个身心的奉献，毫无保留地，不顾一切地。”

罗丹的确很幸福，艺术创造力也空前旺盛。

卡耶儿的父亲及时地提醒自己心爱的女儿：“你的未来不属于罗丹，而是属于你自己。”

终于，卡耶儿面对两种选择：妻子或者独立的女雕塑家。她不愿永远在罗丹的庇护下做他的学生、情妇和灵感的启示者。

罗丹逃避着。

感情不能契合，艺术上日益不能相容，还有社会泼来的污水都没有摧毁卡耶儿的艺术心性，悲伤的卡耶儿只是把自己关在画室里疯狂地创作。然而，“娜拉出走以后怎么办”这个世界性的问题同样扼杀着天才卡耶儿。正如波伏娃所指出的：“在许多情况下，只要不玷污他的崇高形象，男人在女人的默许下可以干些使她名誉扫地的坏事。”你想找回自己吗？你想自立吗？你想发展自己吗？你面对的是整个世俗社会，社会的罗丹和罗丹的社会瞬间就吞食了你。卡耶儿的作品被砸、被抢、被封。尤其她的天才作品《成熟年纪》，这部描述自己三重人格的雕塑，竟被罗丹误解为讽刺他，而多次遭到以国家为名义的疯狂的损害。

我一直以为《成熟年纪》是女性完整人格的象征。一个壮年男子分别牵扯着一个老妇人和少女，犹如卡耶儿描述的："我就是那老妇人，不过不是她的身体；那男人，我把我的粗暴付与了他，他把我的虚空交给我作为交换；而年纪正增长着的少女是我的今天。"她很好地阐述了三位一体的概念，一如我们所有人的真正自我。其实，卡耶儿只想告诉我们她的本质是阴阳兼有的，她不同于我们，她把自己迁得远远的，离群索居，障碍较少，因而似乎较完善地保存了阴阳兼具的整体。然而，为了罗丹的名声不受玷污，卡耶儿遭到了社会的遗弃，她在无爱的世界里精神崩溃了。

是啊，不时的山重水复，稀罕的柳暗花明，交织着这一生的纠纷，已难以继续她生的理想了。虽然，她在精神的境界上已跨越了千重山万重水，但是，她还要再经历西风的肆虐……

1914 年 9 月 9 日，巴黎最有才气的前卫女雕塑家卡耶儿被强行押进精神病院的白色汽车，目睹这一切的是她最亲爱的弟弟，以及一辈子都不能理解她的母亲，从此，卡耶儿挣扎于地狱之门，生不如死。

1943 年 10 月 19 日，卡耶儿死于精神病院，她被软禁在精神病院整整 30 年之久。

世界一片悲凉。

我不知道今天她的坟墓还在不在。那次在巴黎的短暂停留，我曾闪过去拜访她坟墓的念头，却没有时间寻觅。欧洲的坟墓相当漂亮，在一个雨天，我参观过维也纳的中央公墓，那里几乎每一座坟墓的雕刻都有一个音乐故事。欧洲人把这称为葬礼艺术，他们是想通过艺术把死亡装饰得比生存更为美丽。兴许，卡耶儿的坟墓没有这份美丽，然而，在我心里，世上所有的美丽都属于卡耶儿。

（原载《大家》2000 年第 2 期）

留给贺兰山

今天一头走进重重叠叠的贺兰山口,便撞进了无法解谜的千年西夏文化中了,而那些预约的风景却还是令我惊奇和神迷,自觉中只有把我的无知和求知留给贺兰山了。

文人来看景,也来寻史,更是来寻诗的。然而,今天我们并不只是来贺兰山追寻品味那些传诵了数百年的诗韵的,我们奔贺兰山岩画而来。

岩画散落于山口里。山口很大,也很长,举目山色,没有人影,一如美国西部片的荒凉与神秘。两壁突兀的大石山间,有一条清亮的山泉一路流来。于是,脚下数不尽的鹅卵石便添了几分灵气和生意,走在上面好像踏响了整个山谷,贺兰山不再荒寂。而壁上的岩画,它与山泉间的响声一定有了千年的对话了吧?

那些岩画碑石,或高或低,内容或类人首或是牛马、驴羊、飞禽、狩猎图,或是人手、脚掌、生殖图、交媾图,或是歌颂佛法昌盛的西夏文题记,或是不同年代的佛像浮雕和文字碑刻。全是本色,没有莫高窟壁画的红色,也没有花山壁画的多彩,却苍劲粗犷,勾人心魄,令人神迷。我只想知道它们蕴藏着西夏人怎样的秘密——那西夏文字和我们彼此陌生。你看,那简朴的人头线条上高高竖起的绝非是几根粗线,它代表了西夏人怎样的审美情趣?银川高学者说那是饰物。而那些栩栩如生的牲畜图、狩猎图,又刻下西夏人怎样的生存轨迹?这毕竟是游牧民族的疆域。而那不见血光的生殖图、交媾图,又飞扬着西夏人怎样的生命光彩?还有那歌颂佛法昌盛的西夏文题记及佛像浮雕,都蕴含了西夏人怎样的精神依托和理想境界?那份苦苦守望、虔诚崇拜宗教的心绪,曾使一个民族的精神永远不被放逐,他们是怎样点燃过人生的希望?我想起胡笳和羌笛。然而,我在这石壁上找不到它们的形象,或许是那勇武在驱马击剑过箫关,朔风中举起猎猎战旗却在笛声中无言倒下,便化为岩画了,哀笛也掷壁上而绝音。是啊,那声声哀音,早已使一个民族不忍听闻。于是,这岩画与贺兰山东麓的残垣废墟、累累荒冢近千年来日复一日,在默默诉说着昔日西夏王侯的兴衰荣辱……我无言地抚着这苍劲而又充满血泪史的岩画,焦渴地追问远古年代发生的一切。

岩画无言,贺兰山无言。

我发疯地往前追跑,跟着两位银川的学者,其他的同行者早已落在身后望不见了。然而,山谷不尽。我又寻天,天狭长,形如山谷,没个完整,却盖在头顶。终于,我知道我难以寻尽贺兰山谷的天地了，难以追问贺兰山千年的威武坎坷了。再说，那风干的青史又有谁人能道清，谁人能湿润？我注目那些原色岩画，怕只有它们能知晓贺兰山谷的雄关战火、一路坎坷和民族的几多悲欢离合了。然而，岩画长年孤寂，古老的伤痕已不再荣耀，如今幸得学者们的珍视探究，将来兴许会重放其应有的光彩吧。再说，伴着绵延不断的岩画的，还有不断的山泉，以及同样难以变形的被人揶揄的永远长不大的山间小榆树。

是的，这小榆树已长了上百年，却还是这矮小模样，翠绿坚硬却没有花期，它任叶片枯黄、冰封雪盖，它任世人俗笑、嘲讽、遗弃，生命风采依旧。我又想起这山谷里稀少的杂草中的荨麻——人一碰上了，便会奇痛、红肿，这株山谷中罕见的绿色却长满对人类的敌意！然而，就是这荨麻，却是西方一个极富人情的优美童话《野天鹅》中的神物。生命现象就是这样繁复和生动。于是，在众人对榆树的嘲笑和对荨麻的恐惧中，我也矮了下去。心绪无言。

无言中，自觉悲凉。

我是无法走进这岩画、这山泉、这榆树乃至荨麻的心绪和语词中了，不尽的追问都难圆心梦。唯一能带走的，便只有主人盛情赠予的一方贺兰石了。

（原载《南宁晚报》1996 年 4 月 9 日）

长歌短板羊楼洞

七月做客呼和浩特，肥羊之后，友人端来一杯汤色橙红明亮的热茶，双手接过香气迎面，抿了一口醇厚顺滑，神清气爽。“真舒服！”主人介绍这是来自湖北的老青茶。与大多数庸人一样，我也在享用美食好茶时常常不问出处，再说，屋里萦绕着主人监制的蒙古歌谣，摄人心魄的蒙古族长调，顺着一团人间暖意，绵延舒展，动心动人。

来到老青茶产地羊楼洞，是在初冬的夜里。说是去鄂湘交界的武赤壁，便住进龙佑赤壁温泉宾馆。寒气中，接过主人一杯香气纯正的热茶，一饮而尽，暖和了。主人说，这是我们羊楼洞“川”字牌青砖茶，有百年历史了，一直供应着蒙古、俄罗斯市场。顿时，半年前，呼和浩特市的那顿美食红茶呼之欲出，原来那杯令我沉醉于蒙古长歌的老青茶生在这里，之前喝了它，之后便偶遇它。人生就是这样，事事因果。

随缘而行，便留下羊楼洞的几个关键词：古城墙，百年的茶马古道，中国近代第一家海外茶场，欧亚大陆，茶行商市，中国青砖之乡，石头城，武赤壁，文昌阁，三个总统秘书、八位将军的诞生地，等等，一一叙述着令人感慨的故事。如果说如此深厚的文化底蕴，如此高亢悠远的历史回声是过去时，那么，依傍滚滚长江，头枕幕阜群山，背依松峰山北麓，以及万亩楠竹，万亩茶园，万亩荷塘，万亩芝麻地等等，大气磅礴、山清水秀还鱼米生香，则是现在时的遍地应答，是万物的自然回响。回响着绵邈的历史长歌和清纯的天籁，是羊楼洞的长歌，字少腔长、高旷辽远、舒缓自由，然而却长久疏于叙事，同行友人无不称奇，更感叹世界浩茫、世事沧桑，竟然就淹没了如此胜地，没世而无闻。无疑，这是羊楼洞的短板了。

我唯有倾听、追寻、发现，以及动笔表现了。

再说陷于高楼森林的今人，不都在寻找这样的去处：它置身于田园诗般的画卷里，有岁月的积淀，有文化的底蕴，有神奇的历史故事，有不尽的饕餮美食……纯净而烟火，那真的可以去去羊楼洞。

因为纯净，是每个人天性中对自然的一份向往，一种回归。尽管，环绕羊楼洞老街的小河，已变成了小溪。生于斯的友人，是个诗人，此时也无奈地说："记忆的清澈小河，已是一个遥远的沉睡的梦，但这毕竟是我的家乡。"是的，每个人的家乡小河，不也一直流淌在所有人内心深处最诗意、最浪漫、最神秘的地方吗？

随着友人，一进他的家乡羊楼洞古镇，便喜欢那一街的明清建筑,以及一街原生态的充满人间烟火气的日常生活。闲坐门前的老人,奔跑在青石板上的孩子们,绕着正在采访的当地电视台,嘻嘻哈哈,好奇又淘气地戏耍着。镜头中,我们和孩子随意拥进街边一间老宅院里,嗬,满屋菜香,柴火旺旺的铁锅里炒着半锅肉片白萝卜,女主人笑盈盈招呼着我们进屋,堂屋是天井结构,上面是天窗,下面是地井。天窗四四方方、明亮清朗。梁上直直垂下一条麻绳。午后,麻绳将悬挂上一篮剩饭剩菜,深冬则是一挂熏肉熏肠。"天然冰箱哦!"主人还说,我们的房屋虽然老旧,但天窗采光好,遇到雨天,雨水还可以从天窗落在地井上,顺着石头的缝隙流到院外,从来不闹水灾。再看窗棂上精美的木雕,便想,明清时期羊楼洞人或许比今人更聪明?"喝杯老青茶再走吧!"长长的人间盛情随着浓浓的生活气息漫入心间,暖暖的,让人欢喜。

老人们说,过去,这条街上有茶庄200余家,什么阜昌、怡红久、顺丰、黄川顺、陈恒发、兴隆茂、江天成、宝聚川、天聚合等等茶行成市,熙熙攘攘,热闹极了。清道光年间,有英、德、日、俄等国贩子竞相于此办厂制茶,山西、天津、上海茶商也都蜂拥而至,蒙古茶商一直就没断过,这里成了驰名国际的茶市。以前都是用"鸡公车"运茶出街的,前后独轮将青石板都碾出一条直直的深槽。"但是,现在没有多少人知道,老街也冷冷清清了。"这是羊楼洞今天的短板。

退休了的文化馆老馆长游哲茂说:"六百年茶文化,外面都不知道,不甘啊,这也是我们这帮老者为什么还这样操心奔波的原因。"游漠俊老人也说羊楼洞是"洞天福地,它应该福泽更多的人"。刘美珠老人则详细描述了她家祖祖辈辈手工制砖茶的往事,

“要失传了,那怎么可以呢？子孙要骂的哦”,老人说得深情款款,幽怨又期许。于是,他们出门呼吁,进门整理地方志,收拾失落的文明。白发苍苍,坚定执着,文化老人们在增补羊楼洞的短板。

是的,羊楼洞的茶香,古意,胜景,人文,还有一街百姓恬静的日常生活。在怀想远去的繁华和文明时,要想历史文化生生不息,必须寻根与植根,必须承传,也必须植入今天寻常百姓家,一如闲坐门前的老人们的念想,一如当地文化老人的执着奔走,唯此,一地文明才有可能源远流长。我想,这样的羊楼洞才是真正的人文圣地。一方水土总有一方人们守护,尤其当地文化老人,拳拳之心,历历在目。我想,地方文化便是这样传承的,中华民族文脉也是这样通、续、连、接的。

沐浴在纯净中,便舍弃了去看那争斗惨烈的武赤壁遗址。回到住处,就着夜色的寒气,放一池温泉,一步一步走向心的深处,心里又响起草原长调,舒缓,缭绕,绵长,喝上一口老青茶,在汤与茶中,日常熟悉的生活倦怠渐渐远去,想想自己,了解自己,当然也反省自己,更原谅自己。四周有冷风吹来荡去的,心房还在等着未完的故事,静静的,有茶香幽幽散开。

羊楼洞的长歌,渐渐响起……

（原载《文艺报》2014 年 1 月 3 日）

黄姚竹音

又来到黄姚，清明过后，谷雨之前。

依旧古香古色，依旧恬淡静好。群峰葱茏相连处，古榕绿荫庇护，姚江蜿蜒环绕街前屋后，条条溪水清澈无声，岸边翠竹婀娜，走在如水的老青石板路上，静听满城古韵的明清建筑诉说着黄姚昔日的繁华，一如溪边那座伫立了几百年的“司马第”官宅，默然中不知隐藏着多少人事情节。而抗日战争在此避难的众多文化名流，更为古镇勾皴点染了一代风流。人文余音与自然胜景便绵绵不绝地引来四方游客，我也是闻声而三顾者。

前两次因陪远方客人，未能深识黄姚真面目。今年借着清明回八步祭祖，只身再来这个距家乡 60 多公里的著名古镇，除了听满街的乡音，就想来看看黄姚的意象。

带龙桥，宝珠观，仙山祠，古戏台，吴氏宗祠，还有处处可见的森森翠竹，毛竹、桂竹、凤尾竹、佛肚竹等，或散生或丛生，婆娑有致。街上一位阿婆在教我识竹后告诉我，60年代时逢灾荒，这里的竹子大面积开花，人们纷纷采摘竹米为食，救活了不少乡亲，她说开花的竹子一般都有几十岁以上甚至几百岁，开花的竹子死了，却救活了人。这些挺拔秀丽、千姿百态的竹子，就这样摇曳着黄姚人"宁可食无肉，不可居无竹"的诗意栖居。递进式台阶下那方方以青石间隔的吃、洗、用分明的溪水，更是难能一见，乡野中的文明，至古就有。黄姚的意象真的诗意横生。

穿越弯曲有致的青石板路，来到迎秀街，中国戏曲大家欧阳予倩先生的故居就坐落在这里。青砖，木门，木窗下一方石条凳，普普通通的，除了门楣白色大理石上写着"抗日战争时期爱国知名人士 欧阳予倩寓"外，与相邻百姓家并无两致，全然不同于北京张自忠路5号"欧阳予倩故居"的砖拱门楼。步入门内，吊在房顶上的铜油灯与满墙的黑白剧照，令我遐想无限。迎面的是欧阳先生与妻女以及黄姚同仁的合影，他们笑着，仿佛在迎接四方来客。可惜照片历经数十年，我只能依稀辨识着欧阳夫人李韵秋的神情，这位曾因媒妁之言被欧阳坚拒，继又与欧阳相爱相助一生的大才女就在此间缝补浆洗、提笔伏案？凝望着隐约的雕梁画栋，遥想着田汉称赞他们在此"台上典型台下效，铜琶应唱"的相生相应的情形，心底一片温软。

遥望旧时春色，这里也会有属于欧阳夫妇农时的叙事诗，关于他们的菜地，他们的柴米盐油，他们的鸡鸭，等等，而更多的是同为战乱避难沦落在此的同好们的神会。想想1938年抗战爆发后，欧阳予倩便与一代名流们从上海迁至桂林，一到桂林便开始了六年之久的桂剧改革。他建立广西艺术馆并自任馆长，同时兼任桂林剧团团长。墙上的剧照无声地诉说着他将他之前创作的京剧《梁红玉》《桃花扇》《木兰从军》等改成桂剧演出，还创作了桂剧《搜庙反正》《胜利年》和话剧《越打越肥》《战地鸳鸯》《一刻千金》《旧家》等剧本，导演了老舍的话剧《国家至上》、夏衍的《愁城记》、阳翰笙的《天国春秋》和沈浮的《小人物狂想曲》等。尤其是他在1944年主办的名震一时的西南剧展，美国著名戏剧评论家爱金生在《纽约时报》上盛赞此次剧展是“除古罗马以外有史以来的仅见”。如此非凡伟业，是欧阳予倩在广西成就的，它不仅鼓舞了民众的抗日热情，更进出传统幽谷与现代恒河之间；既借木兰、梁红玉和李香君之声发民族抗战之音，伸民族气节和挺挺风骨，又以无羁的艺术探索保卫和发展了中国的文化，为国际反法西斯战争做出重大贡献；既为成就桂林抗战文化城奠定了重要基石，更开了中国一代戏剧新风。“这是一个古老的文明不甘于停顿，而在艺术的新发展下检讨，并从中汲取经验。”学者赖贻恩神父在他的书中如是说。

欧阳先生这种不拘一格的艺术探索早在移居桂林之前就已开始。比如1919年他办南通伶工学社时就主张男女平等，反对唱堂会。比如1929年，在广州创办广东戏剧研究所并附设戏剧学校、音乐学校时给学生定下艺术信条：要做有思想、有学问的演员；台上台下两样生活，均宜分清等等，真正的开了一代戏剧教育新风，于今还颇具警示意义。

廊墙上还有多张欧阳与黄姚同事的合影。西南剧展还在尾声，战火却已烧到桂林，1944 年的秋色里，艺术馆人员与一批文化名流从桂林到昭平县城再度疏散到黄姚，共同的理想与命运，他们在此相逢相知、相护持、相濡以沫，并相互成就了一代风流。同时，也成就了一种纯真的、于今杳不可寻的人际关系。于是，他们以吴氏宗祠作临时馆址，上课、议事；在街头的古戏台上，向群众公演《放下你的鞭子》《铁蹄下的歌女》《芦沟桥问答》和《新年大合唱》等等；举办漫画、木刻、素描和风景写生等作品展览。那些个古戏古曲在欧阳先生善讲故事、节奏分明的演出中，绽放着非凡的光彩！小小的黄姚，起码是“千人空巷了”，我想。

走出故居，沿着姚江，一股清气扑面而来，前面是片片竹林。竹林里该留下欧阳们多少人文与情怀？便想起魏晋“七贤”的竹林，其人其文不早已附丽于竹子？“此节无凋零”“终古保坚贞”，如此人文相映着中空、有节、挺拔的竹性并流芳千古。这种气节与刚直不阿，不也同时映照在与欧阳并誉“北梅南欧”的同好挚友梅兰芳身上吗？日寇一再命其演唱，梅兰芳就蓄胡罢演并画竹以“虚怀抱竹坚”明志，其节气风骨传诵至今。

春雨如新，竹枝吱吱呀呀，节节笔直。欧阳们暂时栖居在乡村中，心却远在战火纷飞的故土，那里镌刻着国家的安危。于是，情怀、风骨、重负与担当，化为才艺；于是，这里不仅砥砺戏曲，还有他们创办的名震广西的昭平版《广西日报》。宝珠观内还有千家驹担任校长，欧阳予倩、秦宗汉、张锡昌、过长寿、云风等担任教师的黄姚中学，仙山祠内还有他们为青少年创办的图书馆，欧阳予倩的手书“黄姚图书馆”和高士其捐赠的图书还在，还有何香凝的书画情怀、梁漱溟的静穆哲思，如此种种文化书风，与欧阳先生那一出出桂剧唱响了黄姚，并随风吹遍当时饱受凌辱的祖国大地，在血雨腥风的夜晚，在风雪弥漫的黎明，哪怕他们重返城市，重返紫陌红尘，这份黄姚竹音也经久不衰，直至今日。

一代文化大家就是这样在战争年代抱团并以自己的方式发出抗战之音，这份担当便是知识分子的优秀传统，他们虽处江湖之远，内心却从来守望着现实困境，依然忧国忧民，而且这是集体之音，一个民族不愿当亡国奴的抗争之音。国破家亡，所有人的命运都连在了一起，就如黄姚丛丛竹林，一枝开花，随即殃及全林，而花开种落，枯竹处新竹又成片生长，绝少单枝。

一代有一代的文化。黄姚的修竹述说着大师们的精气神以及无奈、悲愤、抗争与珍重，天地有声。

放眼现世，重建仿修的各种历史文化名城、古镇，有的是一窝蜂复制的做作和花枝招展的商业作坊，它们缺的便是黄姚的人事与情节，缺的是我们在黄姚寻觅到的一股人间清流，一片风骨挺立的青竹，一种被延承的历史文脉。这在人文精神坍塌、人格匍匐满地的浊世，植根并延承文脉的黄姚，令人神往。因为历史与文化一样，需要植根。

悠悠黄姚，修修青竹。

黄姚仅仅有这一江春水，仅仅有一街的古意与故事，已经值得我们倾听这自然之声与历史回响了。然而，黄姚的好，还在于我们不可忽视的这湿地坡岭一簇一堆的竹子，这顺着溪流一江一水的竹子，他们经年累月站在这里随风顺水轻轻发声，低回音绕着黄姚心中的珍重之声，大地听见，天空听见，七十多年前的中国听见，今天的我们也听见，这是战乱世界中文化人抗争的风骨，以及文明的珍贵记忆，这风骨和记忆，已经深入竹子根部，化为竹节。这节节笔直，是黄姚的意象，是黄姚的足音，也是今天的底色。

（原载《人民日报》2012 年 4 月 23 日）

惠州客家

在惠州穿街走巷，处处闻见客家乡音，同行友人问："这是什么鸟语，莺歌燕舞的?"我答：客家话。

"客家话?"友人又问，可是，何为"客"? "客"从何来?

书上说，客家人其实从中原南移而来，是魏晋时期开始南迁的北方河洛人。战乱、天灾，自然与非自然的种种原因致使客家人大迁徙，故称其为"客"。无奈万里迁徙，却流离失所，一路或留或行的，向南向南，从河南，到江西、福建、广西、广东，乃至下南洋，遍及世界。一路南下，也一路重建家园，一路的土楼围屋屏障。于是，不断锤炼民系的坚韧，不断地吐故纳新，自然不断成就了一个富于创造力的、遍布全世界的不可忽视的民系，一如伟大的犹太民族。

尽管魏晋至今早已千百年了，数千年的常居，定已根深叶茂，繁枝苒苒了。“客”了一代代，早已化作惠州的主人，“倨系客家人”已然成了他们与人打招呼的口头禅，而且主人说，惠州客家人居多，惠州的博罗、惠东客家人最多，惠城、淡水、龙门也有不少。但是，已经化作惠州主人的客家人，还是不断地强调自己是客家人，可见客家之“客”的坚韧。

“我姓刘，倨系客家人。”在深圳机场，前来接我的师傅见面便如此坦然招呼我。虽然我不是客家人，但家乡广西贺州有三分之一是客家人。“倨系客家人”，就是我从小听见的言语，猛然在惠州迎面而来，颇为心动。从机场到宾馆，我们一路的柴米盐油，聊得亲切开心。客家人这种天然的亲和力，不仅待人友好，同时无论何处，一声客家自报，他们便找到了乡亲与家园。

的确，客家话是一种美誉度很高的语言。作为从中原南迁的汉族人，能保留不少原汁原味的古汉语，比如筷子，客家话仍沿用古汉语叫“箸”或“箸挟”；甚至大多客家话都无须转韵换声，依然能和当时传到海外而被保存流传至今的日语、韩语、越南语的汉字语音吻合。时常听闻客家话的人，很容易为那一副古音渺渺，雅言嘤嘤的言语着迷。遥想当年客家先人的不懈坚持，秉持守根的观念，一代又一代的坚持与传承，便有了自己的音韵了。

我自幼对客家话就耳听能详，甚至误以为客家话才是贺州正宗官话。我想，惠州大约也如此。主人告诉我，生活在东江流域的惠州、河源的客家人，其“水源音”的客家话虽不如“梅州音”柔和，但是相对成于宋朝的新客家话“梅州音”，“水源音”更古远，与客家先人更接近也更具阳刚之气。

是的,这是一个有阳刚硬度的自信民系,自谓“客家”数千年,不畏外力坚持讲自己的语言竟达数千年,这哪还有“客”之意?客从何来?这不是自信,不是强大,那又是什么?我忽然明白,客家人说自己是“客”,这谦逊的背后,其实是强大的文化自信,了不起的客家人。

惠州便处处可闻客家人的这份通达、自信与活力。

一早散步西湖,虽没有杭州西湖天堂般的秀丽,却也在苏东坡留韵处处的名胜古迹中,追溯到一地的骄傲,以及东坡先生的侍妾王朝云的美善。从20世纪90年代第一次祭拜朝云,至今已五游惠州了,尤其喜爱留下东坡朝云天地诗篇的西湖,拙作《朝云,朝云》曾记下我当时的感悟。的确,东坡贬官到此,不信命的惠州客家人的盛情,让东坡先生反客为主,修缮西湖,散尽钱财为百姓造福。虽然东坡在“日啖荔枝三百颗”后,未能实现“不辞长作岭南人”的心愿,毕竟在当时的南蛮之地惠州,东坡竟然有了几年幸福时光,伴着朝云,伴着西湖,一起迎朝阳沐月光,还有上游水质常年一类的东江,高榜湖。高榜湖,那真的是一个夹岸青山的美丽大湖,也幸得惠州人的护卫,使她至今免于房地产或其他开发商的侵犯。一片天山共色,疏条交映,自行车道绕山而上,泉水击石,泠泠作响;好鸟相鸣,嘤嘤成韵。如此静好家园,东坡的惬意便在意料中了,而惠州客家人的“客”就有了诗意。

下得高榜山已是午时，一上桌，又是满桌客家菜。主人自豪道："这是我们惠州客家人的'东江名菜'——苏东坡创造的梅菜扣肉、东江盐焗鸡、酿豆腐，还有龙门西溪竹笋、麻陂肉丸、罗浮山酥醪菜、惠东铁涌鲜蚝、高潭明姜等等。"当然，最具客家特色的便是"酿"，客家人擅长把各种各样的馅料，放入掏空了的五花八门的食材中。他们一副誓在"酿"中寄乡愁的样子——把北方祖先的饺子南方化了，把"酿"发挥到极致，那份丰富的想象力令人惊叹。除了最有名气、最有滋味的酿水豆腐、油豆腐外，还有酿鸡蛋、笋、辣椒、茄子、苦瓜、丝瓜、香菇、发菜等等，一切可以挖空心或夹或扣的食材皆可"酿"，而且美味可心。春夏之交，我们贺州客家还喜欢酿南瓜花。工作后，每年我都要做上一两次，当然除了鲜肉、水豆腐作馅外，拔丝去皮的南瓜花茎一定要切粒入馅，一个个酿好入锅，先武火后文火五分钟出锅，入口，哇，满嘴春气，既风味独到，更鲜美无比。有心者，随便看看惠州客家人的饭桌，尤其逢年过节，那真的是超出你想象的"酿"的世界，并令惠州家家也都反主为"客"了。养胃入心的饮食，当然也能"随俗入乡"，饮食文化从来都是硬道理。客家人啊！

要返程了，晨起推窗，"日头一出半天高，看牛阿姐好转朝……"一曲山歌传来，从小听惯客家歌曲《月光光》的我，当然知道这是惠阳客家山歌，因为客家山歌调子都是相对固定的，无关地域。一如元曲里的"调寄"。于是，喜唱山歌的客家人，无论身在何处，都可以循着这固定的曲调找到回家的路。

这便是历史之谜，一如犹太民族，谁都难解。是的，举旗的民系大迁徙，是连根拔起的血泪迁徙，是死而后生的创造史。落地了，便开花生枝，“酿”便是家园，乡音山歌便是家园；尽管今天惠州的客家人已很难说清自己的根系叶脉，但安居于斯，那句“偃系客家人”，仍然成了他们不变的口头禅、微笑与坦然，也许这是谜面，也是谜底。

（原载《羊城晚报》2016 年 10 月 11 日）

闲情

窗内窗外，生命的绿叶遍地飘零。

望尽天涯

蓝天，白云，芨芨草，野花，还有高岭，大河，谷峪，平川，还有壮阔的草原日出，神秘辽远的草原之夜，还有穿透这天涯的或激越或幽深的古歌情曲……曾经有很长一段时间，我在迷醉于艾特玛托夫乃至玛拉沁夫、张承志的草原风情时，憧憬着这所有的一切。

可是，当有一天，我西走青海湖，置身花的草原时，望着天边湖水上飞翔的水鸟，心情竟没有随之远行，只以为那飞翔的精灵是3岁的女儿相宜。而后南来滇池，又会与飞来我掌上啄食的红嘴鸥们喃喃细语、欢快嬉戏，俨然平日与5岁女儿欢闹的疯样儿。如今，坐在东北云里的长白山顶，身边的喧闹早已远去，身下是处子般纯净、天堂似辽远的天池，神秘圣洁，纤尘不染。静静地、静静地坐着，以为自己可以独自享用。

“张阿姨，山下没有人，我们去采花吧！”一个童声，轻轻呼我，仿佛天籁在耳畔，犹如平日所冥想不到的仙界的消息。回望身后，是友人那生气勃发的儿子——白衣男孩边跑边喊我下山，他要赶赴山下无边无际的花的草原。男孩伸展着双臂，在我眼里飞翔，飞翔，似是刚从天池升起的圣童，要引领我款款去参加山下花仙子们的盛筵。山下，人烟稀少，草精花仙遍野。这个叫蒂尼的漂亮 10 岁男孩喊着飞着，快乐得犹如米开朗琪罗众多小天使中的一个，要知道在游走欧洲时，面对那些神话雕塑，我曾上千遍地祈祷着他们的飞翔……我也随之飞翔了，呼应着男孩，我想告诉他真好，但我一开口却说，要是比他小一岁的相宜妹妹在这儿该多好。话一出口，我不禁刹住飞奔而下的脚步，天啊，我这是怎么了？我不是口口声声说享受生活吗？难道我只活在女儿的世界里？

只是瞬间，男孩顾自远去了。我实在是一个没有根缘的人，不配享有这单纯圣洁的天地。充盈天地的，乃是万物啊。而我的天涯是我的女儿。从天涯出发，还能回到起点吗？

是夜，仰一窗明月，36 年的人生在沙漏里奔，过山，过水，过生，过死，尽头还是女儿。忧伤不期而至。

一时，记起一个友人的批判，中国的女人有母性，无妻性。我无意也无力进入哲学，什么我与他者、主格或者宾格、社会关系的总和等等。这些深奥的概念我实在不得要领。然而，我还是叩问自己：谁是我这些年睡前和醒来想到的第一个人？答案还是女儿相宜。

当然，这是近 10 年的人生。

女儿小时，自然是我日夜牵扯。上学了，费了很大的劲儿才让她独睡大床,我要夜读晚写,睡书房的小床。每天睡前,都得去看她一会儿;天亮,睁开眼叫的也是她的名字,要上学呢。尽管,隔着房间,丝毫也不影响我催她起床的呼唤,只是我叫得徐缓悠长,她睡意蒙眬中“哎——”的应答也透着和顺,而且我们常常五分钟就整理完毕并直奔学校。这个点评是妹妹及其女儿在我家小住时留下的,她说:“真羡慕你们母女,我们母女每天都会因为起床穿衣争吵,烦死了。”

其实,这样的好习惯是我们经年养成的。面对这个答案,我闪过了一种危险乃至衰老的念头——我少了自己。尽管爱是多层次多样化的,可是这十年,我的确视孩子高于一切。兴许,这是所有单身母亲共同的幸福或说病灶,孩子是她们的所有,没有孩子她们似乎一无所有。其实,孩子和自己是可以同时同在的,在她们流着沧桑的眼泪时,都明白自己又是多么需要关爱呵护呀!

我的周围就有不少以生活快乐为标准的单亲家庭,独自养育孩子并不能从根本上影响她们的生活质量,她们以一颗坚忍之心,宁可面对热情和中伤,面对镜中的泪水和岁月,面对满身的疮痍而沉静,而不再诉说;她们自由快乐、工作出色、教子有方、家事井然,既能创造又会消费,爱孩子胜于一切,却从不亏待自己,她们为自己营造了一个有缺陷却不失美丽的小世界,那里唯有精神永在。这的确是一种人生状态,更是一种健康人生,她们是诗意满面的现代女性。

这样的女性自觉,的确来自对女性同胞苦难的包容、铸造与超脱。

时至今日,似乎有了回望来路的勇气,才真正意识到自己的女性自觉始于婚姻，自己真正意义上的人生奋斗就是从怀孕开始的。过去的努力工作和业余写作一半出于天性一半出于功名心。那时，失败的婚姻和孕育孩子的孤苦无助使我对人的仇恨到了空前绝后的地步，悲哀而绝望、自恋而无奈、艰辛而坚忍中，对腹中孩儿的感情却越亲越切。我日益明白，我要自己好好地活着并且抚养好我的女儿。我必须全靠自己。自己选择的生活，只有自己承担。

苦难的日子常常可以得到许多对生活真面目的认识。

10 年前，我怀孕了，那是实在不该怀孕的时期，那是我意志最薄弱的一年，婚姻已经走到低谷，健康青春的身体已经被尖锐的婚姻击垮，在经过一次又一次几近崩溃的伤害时，我曾试图一了百了，然而，一次次轻柔的胎动牵扯着我的母性之根。于是，任由满脸的泪水横流，我决心不再相信无休止的痛悔和誓言，彷徨、软弱、无奈和仇恨摧毁了我所有的轻信和幻想。我在心里发誓，为了腹中的孩子，为了拯救自己，我一定要活下去，而且要好好活下去。

女儿生下来了，尽管我曾千万次祈求上苍给我个儿子，我实在惧怕女性无常的命运和生之艰难，哪怕我更喜爱女孩一些。可是我唯有接受现实，唯有盼望她时时相宜、处处相宜、人人相宜了。

当然，开头很难，父母又远在五百多公里外的故乡，但是，在我最艰难的时候，还未退休的不知情的老人把女儿接去了一年。终于，挣扎着走过生走过死；终于，在我喝下那杯苦酒并活下来之后，女儿回到了身边。

那时，小相宜真的像个小精灵，可爱极了。刚会言语，重复最多的是儿歌般的话：“妈妈抱抱。”她随时都有可能扑过来，拉着你的腿，仰着充满向往的小脸蛋，嗲嗲地嚷嚷：“妈妈抱抱，妈妈抱抱。”有时忙得没法呼应她，她就急得不行：“妈妈抱抱吧”“娘，抱抱宝贝啊”“张燕玲妈妈抱抱宝贝呀”，慌得我赶紧净手抱起委屈万状的毛毛头。

那时每天的时间真是拧上发条般紧张，幸而，这还行，手脚本来就是做惯了的。只是遇到生病就费事些，就是最简单的感冒之类，也是不易的。因为这时的孩子不会自己吐痰，痰积多了或者咽喉发炎，常常是半夜吐它个满屋满床都是，臭气熏天。冬天又怕凉着女儿，就得先把女儿收拾干净，再收拾床上。到了五岁，便好多了，相宜可以全托了。起初小家伙不肯，老是央求：“妈妈，我不住幼儿园，我想东放西放，有的玉粒哥哥家，有的何充家，有的盈盈家。”心酸之下，我只得哭笑不得：“好孩子，不是‘有的’，而应该说或者去玉粒哥哥家，或者去……毛毛妹，妈妈晚上要给大学生上课，老把你放在小朋友家里，太麻烦别人了，那样不好，你帮帮妈妈，好吗？妈妈最多只让你一周住三个晚上。”

相宜嘟起小嘴，不吱声了，但第一晚，她还是哭了，老在央求老师打电话：“叫我妈妈来接我回家，好不好呀？老师！”

女儿真的长得很好，我从不向她提及大人的事，再说，血缘的力量是无穷的，我唯有教她爱所有的人。她已经受伤了，我只能尽一切心力使她健康快乐。为此，我愿意付出一切。

于是，我们总是尽可能快快乐乐过好每一天，极少想明天，遇到问题再解决，绝不设计明天或明天的明天。人生可是漫漫天涯路。女儿一天比一天快活，她一点也不知道母亲的心悬在天涯。

但是,女儿的世界里,总是有许多让我感动、忧伤却无能为力的东西,这无数的牵挂中,我记住了其中的一个梦。

那次我出差桂林,虽然两天,可老是惦记着放在朋友家的女儿。当晚不知怎的,一着床,就觉得自己怎么就走回小时候在故乡住过的泥砖房,六七十年代南方的县委宿舍大多是这种号称冬暖夏凉的泥砖平房。我也不知道是从哪里回去。院子很静,是那种荒芜的寂静,没有人声,家门口盛水的木桶里发出一股刺鼻的霉臭。我放下行李,顺手涮了涮水桶,倒着那陈年臭水哗啦哗啦地响得很远很远,仿佛全世界都在倒水似的,声音久久不愿离去。家门半开,是那种原来锁着刚被人打开的半开,却亮着灯。我喊着什么(好像是喊祖母什么的)推门进去,里面空无一人,对着窗的大床上一片狼藉(那是祖母的睡床),灯下的饭桌上有七八个碗摆着,里面都是些不知年月的汤菜。父母的屋间用锁头扣着,没有锁上。怎么啦?

我正张望着,却觉出小腿间钻进一个东西,吓得我跳了起来,低头一看是个陌生的小女孩。我"嘿"一声,她竟吓得跳出门去。忽然间又觉出她似曾相识,我追出去,她拼命往走廊尽头跑。

"哎,你站住。"

她惊恐地盯着我,天啊,那是一个怎样的女孩!她扎着相宜那样的小羊角辫,当然很蓬乱,上衣是件已看不出花色的罩衣,破了的长裤,经年赤足的脚乌黑。她实在太瘦、太青、太黄了,浑身没有一丝人气。

"孩子,你是谁?"

她动了动嘴唇，声音却十分清晰："我叫相宜。"

我大骇。冲过去。抱她，很轻，像一片树叶。我死死盯着她的小脸，大眼下全是菜色青青，皮包骨头。"你真是相宜，我的毛毛？"

"我是相宜，我是毛毛。"

"我是妈妈呀，毛毛！"

"妈妈？"她茫然而艰难地摇摇头。

"天啊，你怎么成了这样？！"

她还是那副面无表情的呆滞样儿。我摸着她出奇突硬的圆肚子问："你吃饭了吗？"

"饭？我吃这个。"她张开一直攥着的小手，里面全是泥巴、纸片、树叶之类。

我突然放声大哭起来，她却莫名其妙地看着我。我哭啊号啊直到喘不过气了，才猛然惊醒，发现自己竟然躺在饭店的床上，满脸是泪。心很痛，是那种真能感觉出心一阵一阵抽着撕着的痛。全身沉沉的，犹如大病了一场，可梦里的一切却真真切切(几年后的今天还一如昨日)。然后，我一直睁眼到天亮；最后，向别人打了声招呼，就上了火车，回到南宁直奔女友家，接回相宜。

当晚，我久久凝视着女儿甜香的睡脸，看着她脸上平日目力不及的汗毛，随着她轻轻的呼吸一颤一颤的，仿佛是极微极微的小静电在哼着儿歌，我刚踏实的心又觉出前一天梦中那万般的情愫在牵肠挂肚。我不禁轻轻抚着相宜的黑发，颤颤地轻呼：

"毛——毛——"

"哎——"沉睡中的相宜竟润润地应了一声。我心一抖，泪又两行。我明白，对女儿的担忧和牵挂已经深入我的骨子里了。那是怎么也抹不去的，这将是我一生的牵挂，哪怕到天涯。

于是，走出过去，走向自然，走进充实，走到快乐，便成了必然。且不说孩子参加的各种兴趣班以及我们的远游，就是每周一刻的逛公园都让我们开心无比。周日，我们喜欢早去，我怕人多，那时的空气极新，坐在桄榔树下蘑菇形的石凳上看书、画画、讲故事，或者钻城堡、滑滑梯、采酸咪咪、溜冰等等，不时还得假装被女儿乘兴用右手的拇指和食指做成的手枪击中而做英勇牺牲状，同时自己也如此甩手儿枪过去，女儿躲得认真极了。有时，她还会要些小把戏。玩得正起劲，她突然高喊“妈妈”跑向我，跑着跑着竟摇摇晃晃起来，我连忙跨去扶她：“怎么了？”

女儿却一脸嘻嘻：“我——喝醉——啦！”

我一乐，忙压着嗓子低低问她：“你喝了什么酒？”

“可口可乐，还有雪碧……”

“哈哈哈……”哑然失笑中，我真的觉得世界上只有我是最幸福的了。平日要想的要恼的要做的，此时都可以不想不恼不做，我全身心投入女儿的世界之中，心灵一点一点宁静下去，宁静下去，直到身心融融。我日益惊讶和珍视自己孩子这如天使般使人镇定和明亮的纯洁之光，这种像清新的风的感觉在那几年夏天，陪女儿游泳时，更为强烈。刚开始时，我沉醉得有些忘乎所以，以至 3 岁的女儿放手池边的栏杆，躺在游泳圈内，就在我眼皮下向远处深水池漂去竟视若无睹，旁人惊叫时，我被吓出一头冷汗，扑通一下便扑下水，全然顾不上儿童泳池严禁大人下水的禁令，待游过去一把抱过女儿,女儿竟浑然不觉嘻嘻笑着。这就是成人与儿童的不同世界,这就是现实与天堂的界线。这一刻,我知道女儿是我的生命,有了她,我还会孤单吗?然而,点一盏心灯,伏案凝神,我还是很孤单,心没有伙伴。我知道,这与女儿无关,这绝非爱与情所能给予的,我的所有只属于我自己。于是,我常常逃遁,给自己营造一座远离生活的巢穴,把自己迁得远远的,可是我还是常常被忧郁抓住不放……但这时只要是相宜的小手无意间抚到我,哪怕是纠缠着要玩我的齐腰长发,我的安静宁和就会从脆弱中苏醒。便想,逃避并不是最好的归宿,其实世事无孔不入,空气里就是全世界,而我们又必须呼吸。因而,无论遭遇好坏,都有其必然和偶然性,既然是自己的选择,责任当然在于自己,于是苏格拉底的"认识你自己"的教训,便变得重要了。

今天,9岁半的女儿已经可以与我在家观看获戛纳电影节大奖的《美丽人生》了,我们一边体会一边流泪。她是为影片中她已知的而那男孩未知的苦难,而我却是为这部影片展示的爱以及这爱所遭到疯狂的蹂躏而泪流满面,当然正如那位世界影星贝尼尼谈他主演此片时所表示的:爱是可以令日月同悲,能让宇宙都为之动容的。影碟放完了,家里突然寂静下来,女儿起身关机,然后,转身用她的小手轻轻抹去我脸上的泪痕。女儿的小手很柔很软。我们会心一笑。

我知道,我有了走向自己的可能。

(原载《大家》2000年第2期)

背　景

1983年5月7日上午,桂林七星公园春色流彩。一位身着红格子衬衫,脑后高高束着马尾辫的女生涨红着脸说:“广西师范大学诗社成立了!”顿时,来自全校十余个系的青年准诗人们欢呼起来了,意气风发的学子们开始争先恐后地朗诵自己创作的新诗。骆驼峰下,欢声一片,书声一片,掌声一片。从此,广西师大的年轻“诗人”们开始以群体汇入当时全国高校生机勃勃的诗社浪潮。

那位红脸女生便是20岁的我,中文系80级学生。

虽然不敢说从此与诗歌同行,但20年里,却始终与文学相伴,兴许这是诗社首任社长的因果。今天,报社为纪念母校校庆催稿,翻出自己主编的诗社创刊号《芦笛》(也只有一期)。没料到,心竟然一阵一阵“怦怦怦”地响,抚摸着伍纯道师题写的刊名的手也微颤了起来。如今我主编杂志,翻阅新刊已经像翻月份牌一样不经意了，然而，今天这本 32 开薄薄的《芦笛》却令我又涨红了脸，我无法回避：这是我的来路，这是我的起点，我是受惠于她而展开自己的那份人生。这是我的背景。

我深深地记得，为了印制这本《芦笛》，大家激动得不行，奔走相告，跑经费，互改诗稿。具体编辑时，我与一位卢姓师弟真的是废寝忘食，那份要命的认真也留到今天成了我的缺点。那时，他们叫我“同学姐”。我还记得，学校诗社成立之前，我们已经在中文系成立系诗社半年了，并与全国不少高校诗社、桂林新诗社以及著名诗人有通联，我们还有不少像唐建国、罗贵昌、刘频那样不时在《诗刊》《星星》《青春》等发表诗歌的社员，引得别系的文学青年纷纷跑来找我们，尤其在独秀峰本部的。最疯狂的数历史系的龚永辉，常常下午自习课就跑到三里店找我们，读他新写的诗，侃他要踏遍广西各地考察少数民族的理想（后来他果然成为颇有建树的民族学学者），还神往着抗战时期桂林的文化时代。夜深了，他才依依不舍地回去。谁料到，半夜里他在理想国里又“沸腾了”（他的原话），“高烧”中又游荡过来，从床上拽起张谦、龙子仲等诗友，海吹一通后，才趁着晨雾从七星公园翻墙抄近道冲回本部课堂。那份乐而忘倦的青春畅谈，也只有一个“狂”字形容了。一次，为了一位刚从海边回来的社员的新诗，大家又唇枪舌剑、碰撞摩擦起来，直至不欢而散，至今我还记得令我们争论不休的诗句：“大海的落日/像英雄的叹息一样悲壮”。那时真的是风华正茂。今天，再读那些曾令自己无法入睡的诗句，这哪里是诗呀？那只是青春的绚烂罢了。至今，除了龙子仲、刘频、唐国馨（原来的唐建国）还时见诗文外，其他都化为一个个远去的梦。我还记得，我们曾经组织过一场全市诗社联欢，桂林高校文学社团都来了，在那座老气横秋的大红礼堂里，全是青春的呼喊，诗朗诵的声浪一阵高过一阵，热闹非常。而与我们一道狂欢的还有几位令人敬重的师长，他们是黄绍清、兰少成、樊平、曾有云、王建周等，他们不仅参加了我们的部分活动，更以父亲般的胸膛呵护着我们，提升着我们。

这些师长告诉我们：文学必须与精神与思想相伴，文化必须与创造与活跃相行，犹如我们这些活动，犹如这座文化城最辉煌的一页。

于是，我明白我们那时呼吸的满城幽香，不仅仅源于满城的桂花，更源于抗战时期那蓬蓬勃勃的民族解放的先锋精神，源于那道始终矗立我们身后充满生机的文化背景。这道背景犹如当时的西南联大，这道背景其实是座人墙：郭沫若、茅盾、巴金、艾青、胡风、欧阳予倩、田汉、夏衍、洪深、柳亚子……他们背后还有挺立在王城发表北伐演讲的孙中山，还有王城的主人"画圣"石涛，有他那师法自然、气度非凡的"搜尽奇峰打草稿"的画理和创造。这真的是一座令中国人景仰的伟大人墙，这也是王城里广西师大的人为背景。神往着这份灿烂，年轻的我们渴望着与之同生共长。

背景是一个量大无穷的变数。

60 多年前由于文人荟萃，群彦毕集，成就了桂林文化史上最灿烂的一页；20 年前，如此背景下的莘莘学子自以为承传着前人的文化薪火，那份浪漫、那份理想给我设下了一个高度，使得我 20 年来不敢松懈，那道背景在我心里很大很大。据说今日的学子学风渐弱，社团活动早已锋芒不再，功利之下，那道背景是否依然被人提起？我不得而知。至今，我已经带着某种不自信和愧然的心态回望这一切的发生、完成和延续。尽管知道，无论人们怎样，那道人墙依然有如日月经天、江河行地般地矗立在那里。于是，在母校校庆之日，呼唤那道背景的先锋精神和人文理想，便富有意义了。兴许这不入商业时代，但这是为仁的道义，必须流动在人的血液里，尤其年轻的学子。

（原载《广西日报》2002 年 11 月 3 日）

流过潇贺古道的记忆

是我们自己忽略了潇贺古道。

忽略得太久太久了,在只争朝夕的经济时代里。

从即刻往回走,走过昨天,走过前天,走过一万多天,我们便会激动起来,激动于那具曾经轰动世界裹着金缕玉衣的木乃伊——长沙马王堆古墓的奇迹。出土的奇迹之一,就有关于潇贺古道最早的记载和地形图,那是汉代的记载。

然而,很少人关注这则记载。近年,我们才怀着热望溯流而上,翻阅学者陈乃良、张修桂的发现,以寻找她的遗迹,期待复原湘桂走廊那份古老的文明。

于是,我们终于知道沟通广西与中原与世界的经济文化的古道,主要是水路。除了海上丝绸之路外,湘桂走廊不仅有灵渠古道,还有潇贺古道(潇水—贺水)。

曾记否，毛泽东那首让当时几亿中国人倒背如流的《七律·长征》，其中那句“五岭逶迤腾细浪”的五岭即南岭，潇贺古道便是沟通中原与南岭南北的五大古道中最重要的一条。秦始皇南下的五路大军之一走潇贺古道，汉武帝平南越五国的大军中路走的也是潇贺古道。直到唐宰相张九龄开通江西梅关新道后，潇贺水路才逐渐衰落。想当年，镇守潇贺古道的中原移民，在秦始皇一声“调徙民五十万戍之”令下，沿着古道，和着潇水与贺江的涛声，曲曲弯弯，前进、后退、迂回，一一抵达他们要达到的地方，包括贺州。于是，新的秩序诞生了，贺州盛极一时，移民文化给贺江流域带来了令人瞩目的富庶与文明。这是中国岭南文化的第一乐章。

“其实，潇贺古道一直就在那里，只是时兴时落，只是我们一直不知道她叫潇贺古道罢了。”父亲这么说。

贺江是我的母亲河，对她的怀恋却是因为父亲。

父亲还告诉说，他小时候贺江水路就相当发达，上通中原，下达广东、港澳和东南亚。那时五百余条木帆船两头尖尖的，犹如几百条大鱼在河里穿梭戏游，生意兴隆得很，水路上什么都运，盐、布匹和矿石最多。是的，只要交通便利，只要敞开门户，进来，出去，如同呼吸，自然能茁壮成长。开放，让古城后来者居上，贺州不仅成了桂东南的商埠（县城八步即因八个埠头——码头而得名），而且成了桂东南的文化重镇。尤其抗战时期，一群沿着潇贺古道来此避难的中国文化大家成就了贺州文化的空前辉煌，拙文《家在贺州》里我曾抒写过他们留给清澈的贺江那一个个人文背影。

是的，贺水清澈碧于玉，两岸翠竹绿如海，更不用说浮山胜景，点灯寨仙境了。随着外婆到码头洗衣,幼年的我总会迷恋那清凉的河水,悠闲的鱼在浅处,透明可见,伸手却无法捉到。待外婆一桶清水提上手中,水纹就会漾漾地在她身后荡开,真的是一江好水。

那时的八步,没有桥。要穿越贺江两岸只能过浮桥。

直到我4岁那年,八步修大桥了。“文革”的喧嚣已冲击贺江两岸,而埋头建桥的几千号人马在父亲的指挥下,真的是废寝忘食,夜以继日。母亲带着我和哥哥在指挥部的广播室里,不断给大会战鼓劲。我们的家也临时从县委家中搬来了,可父亲常常是几天几夜都不能回来。一年的苦战,“八步大桥生蛋(诞生)了”,父亲又受命去黄洞林场边建临江水电站,县里要引贺江丰富的水源为21公里外的贺街人民灌溉和发电。这次贺江险些要了父亲的命。我才体会到指挥长的责任有多么大。父亲一去又是三年半,电站建成了,父亲却被抬进医院,他左腿已萎缩成干柴一般了。半年前,在工地上干了三天三夜的父亲因疲劳过度从工地滚下贺江,两棵树拦住了这个拼命三郎,第四第五节椎骨摔裂了,可他只让“草头医生”敷上药,不听所有人的劝告,拄着拐杖又上了工地。那时,年仅8岁的我曾肩负全家的嘱托,坐上前来搬兵的王叔叔的车去接父亲。王叔叔说:“指挥长再不离开工地住医院,就没命了。”上午就到了,在上万人苦战的工地上,我们无法找到父亲。直到夜深了才见着又瘦又黑佝偻着的父亲,他是一手拄拐一手扶着工人回到指挥部的。他狼吞虎咽地吃着妈妈用腊肉豌豆做成的糯米饭——指挥部的叔叔们早等不及吃了大半而留下的,那是当时稀罕的美味呀。我未能接回父亲，没有人能说服他，他这样又干了大半年，直到大功告成，直到被抬回八步。那时，看着他身靠着工地（他已经不能坐了）仍在忙碌，我哭了。

在最混乱的年代里，我的父亲与数不清的建设者们以生命以忠诚以两袖清风为贺江做着实实在在的事情。父辈们的奉献精神，属于他们一代人。三十几年过去了，贺州市人民天天走过八步大桥，贺街人民也天天享用着临江水电站。

我们为故乡又留下什么？

今天，我们在拾捡潇贺古道的文明碎片，以填补过去的忽略。然而，我们是否注意到郁郁青青、岸芷汀兰的贺江在日益瘦小，浑浊锈色的洗矿水正从平桂矿流进贺江，母亲河裂开了伤口。我听到了贺江的哭泣，我听到全世界的母亲河都在疼痛地呻吟。

贺江在我的人生还留刻有很多印痕：浓烈又清凉，辽远又亲近，散发着水意和亲人的深刻气息。于是，我常常不由然望着桂东南，想家。

（原载《广西日报》2004年3月17日）

让家务进入孩子的日常生活

长夜难眠，当水墨父母得知自己孩子因拒绝做家务，被德国“租赁妈妈”告到法庭时，我猜想他们也许会辗转反侧，也许还会后悔没有从小教会孩子常常做些家务。

让孩子在做家务中生成一双勤劳的手，使其终身受益。让家务进入日常生活，这便是生活的日常性，我一直这么认为。

做家务，它不只是一种日常生活的能力和责任，还是日子的一种过法，是对家人的爱心，是人类生活幸福之所在，而会做家务的孩子自然更幸福。因为要培养孩子对各种事物旺盛的好奇心和自觉性，必须让孩子从小学做家务，使之参与到真实的家庭生活中，学会与人相处，学会计划性做事，学会自己生活，学会分享、同情及承担义务，并在这点点滴滴的家务中获得快乐和幸福。而这种纯粹的幸福感，只有生他养他的父母才可能教给他。如果我们不教会孩子握住劳动幸福这只仁慈的手，生活那只无形的手，就会抛弃我们。

小时候，我及我的同龄人都是父母的好帮手，我们知道美味的食物怎么来，干净的衣服怎么来，整洁的环境怎么来，良好的家庭氛围怎么来，并从中感受生活的幸福。直至今天，我都还与我丈夫争下厨房，常常下班到家，两人七手八脚的十几分钟，就可做好荤荤素素的一顿；我的90后孩子，也从小与我一起做家务，洗洗刷刷，蒸蒸煮煮，嘻嘻哈哈的，至今孩子放假回家提及，一脸幸福，当然，放假回来也会为我们做点儿在外面学会的新奇美食。其实普通人日常就是这样生活的，而幸福就藏在日常生活中，这种幸福感，是孩子的，也是成人的。

当然这要从小培养，常常做，才可能养成好习惯，哪怕洗洗碗，拖拖地，浇浇花。久而久之，有助于孩子做事的计划性、责任心和意志力的形成。尽管今天已很难像古时“清晨即起，洒扫庭除”般勤劳了，但一个家庭，夫妻、孩子同做家务，都会是一幅其乐融融的幸福图，与夫妻、亲子关系百益无一害。

便想，如果是我的孩子到德国，她会不会也像水墨一样呢？会不会也因拒绝做家务被告上法庭？会不会“面临长达10页的指控时，吓得差点晕过去”？也许不会，尽管环境不同，尽管德国父母这些做法似乎“不近人情”，尽管他们的法律成本很低，任何行为不合皆可上法庭，但这却是德国法治社会的常态；而我们社会以仁为本，不做家务之类理所当然为小事，甚至小事都不算，便以说教为主，如告上法庭，于情于理都难以理喻。但当中国孩子身处德国遇到法治，其中既有国情与背景的不同，也必然有一个民族共同素质的常态，这种常态便包含着从小就把做家务当成日常生活，所以我说一个常做家务的孩子，是不会犯此错误的。

然而，水墨的遭遇，并非偶然。不会做家务的孩子，是中国千千万万的水墨，尤其中国男孩。

少儿道德教育出现问题有很多种原因，而中国以传统教育为基石的家庭教育也过于宠溺独生子女而被削弱。大家都把获得良好教育视为一场分数至上的残酷竞争，忽略孩子的情商和心理健康，忽略从小事培养孩子，更忽略做家务的日常性，无论阶层，无论贫富。如今媒体只要宣传哪个孩子做家务，承担家庭义务，多是非常态、悲情性的，或是家庭出了问题，或是草根的孩子，做家务是他们的疼痛之事，是不得已的，是永远也发不出的声音。很少听到家长对擅长做家务的孩子的赞扬，也很少看到家长对做家务的孩子的珍重与微笑，或对劳动的尊重和彰显。受赞扬的孩子多是各种竞赛夺冠者，考上名校的佼佼者。“书中自有黄金屋，书中自有颜如玉”的价值教育观依然铺天盖地，如此“成功学”就这样潜移默化地荼毒我们孩子的心灵，扭曲他们的人格，进而去创造空洞的价值观。民间社会（包括家庭、学校和社会）对青少年的这一褒扬，便成了他们生活最常态的目标，也成了他们生活的日常性。

于是，他们学会分享、同情及承担义务的可能性变少了，与人同甘苦的纯粹幸福感也变小了。他们过着衣来伸手，饭来张口的宠物般的生活，不会劳动，也感受不到劳动的乐趣，更不会用自己的双手打点自己的生活，而一个不会生活的人，其一生自然也不会幸福。

拒绝做家务而被告的事件,也许会让更多的中国“水墨”知道:家务背后是爱心,家务是生活的日常,是人与人之间有形与无形的契约关系,也是人类幸福的源泉之一。而生活的意义与价值,便是日常的幸福感。

也许之后,水墨受挫的心灵,会在黎明前复活。

(原载《光明日报》2013 年 5 月 10 日)

祝你生日快乐

孩子,祝你生日快乐!

千言万语,脱口而出的却是这句极平常极温暖的话。对着三月湿漉漉的空气,对着窗外每一片立在枝头舞蹈的新绿,为我的孩子,为所有的孩子,更为他们的母亲祝福。

一年前,那场与宏大生命的搏斗实在太艰苦太难忘了。一般妇女得失去多少理智,才能在那种时刻忍受这种残暴的折磨啊!当时我觉得自己是如此透彻地理解了邓肯的话:“如果不能设法让妇女解除完全无用的这种剧痛,那就不必侈谈什么妇女运动或者女权运动了。”这位伟大女性的伟大呼吁便真正走进我的人生了。

三个小时后,大夫抱来用绳子轻轻绑着的襁褓。尽管孩子像个小老头似的满脸皱纹,当我接过襁褓时,我心跳异常,刚才的一切苦痛便全抛脑后了。

以后长长的一年里,我完全沉浸在女儿迷人的世界里了。出生才五天,她竟在襁褓里睡着时笑了,从此,常常自己发笑,美丽无比。老人们说:“你以为她是跟你笑吗,她是跟她的花公花婆笑呢。”这么说,孩子真有她的世界?她是花房中的人儿?一时,竟不知要干什么要说什么了,只是呆呆地凝视着孩儿的笑靨,这人类最初的笑靨。怕惊了孩儿,惊了她的花世界……

是的,孩儿真有他们的世界。记得孩子快满月时,嫩嫩的三月牵来了春意浓浓的雨线,蓦地,一道电光,天空变得狂暴起来了,来不及关的玻璃窗被扇得粉碎,阳台的衣物横空飞起不见了踪影……临床边的一扇窗不知怎的又开了,噼噼啪啪乱响!我走过去好不容易才关上窗门,一边回头察看窗边床上的孩子,乖乖,她居然浑然不知,还在甜甜地睡着、甜甜地笑着,这便是孩儿的世界!我感动极了,一把抱起孩子把脸贴在襁褓上,心却在流泪。孩子,世界可是说变就变的,除了这狂暴的龙卷风、狂暴的骤雨,还有人类许多令人不寒而栗的污浊的物欲和争斗,还有女性的困惑……

然而,孩子你依然不知,你依然喜欢笑,满三个月能趴着抬头笑了,四个半月就长了两颗小白玉牙,九个半月张口牙牙学语时八颗漂漂亮亮的小“绿豆牙”时隐时现,十个月已能迈出最初的几步扑向妈妈怀里了。之后,为了断奶,我把你送到外婆家。而几天前,从长途电话筒里传来的“妈妈、爸爸”以及“你好”的学语声已十分清晰十分准确了。而今,你也已有所知了。你居然能从舅舅拿出的众多相片中,指着相片上的我喊“妈妈、妈妈”,便想哭了。平时,当你想妈妈时,便指着家中的电话叫“妈妈”……想着想着,我满眼是泪。孩子,你在淘气调皮中又迈出走向自己世界的第一步了,妈妈有好多好多话要跟你说,那是世上所有母亲都想说的话。然而,在电话里妈妈只能说:祝你生日快乐。

(原载《南宁晚报》1991年4月)

春天的日子里

我向来没有注意过春天竟是这样灵光洋溢的。过去我老觉得春天是个发疯的季节，万物疯长，疾病丛生，莫名小虫乱飞，时令乍寒乍暖的，连绵雨也发疯似的难断根。每年的春游也旨在外出润润被生活烘干了的躯体。

近日有机会住到乡下，方知昨日的我实在太累于生活而少了份浪漫的梦想、丰盈的情思，早衰了才会忽略春天的可爱。

是的，春天是个发疯得可爱的季节。不阴不晴的天气时哭时笑的，那是她在撒娇！这不，才一夜的工夫，昨天门前屋后还是黄一块黑一块，又浅浅地绿一块的空地，就笑成了一片清清爽爽的绿毡了；昨晚走过田埂时，只是一片蓊蓊绿叶的野草莓，今晚散步便能捧回红莹莹甜滋滋的果实；就连路边几棵老树的心也温柔了，这时的她童心发作，常常笑嘻嘻地将春风揽到密叶里，整天缥缥缈缈地奏出仙乐般的声音，尤其静夜，和着蛙声，把月也迷醉得跟人心一样荡漾。万物都在疯长新意呀。春是年轻的！

更妙的是雨后，且不说远处被洗过的青山苍翠欲滴，就是门前那一大片车前草就够清爽迷人的了。清爽中盈盈走来一个提篮大姐。“张老师，到你家园子摘菜来了！”“我哪来的菜园？”正愕然，只见穿着白底红点衣服的她和浅黄菜篮一起喜滋滋地点染在门前的新绿上了，右手掐着一片雨后才疯长出来的车前草叶柄，轻轻一拉，嗤的一声，丝丝叶脉与叶分开了。情不自禁，我也如是掐了半篮，洗净，切碎，放些剁细的鸡肉煮了半锅汤。哗，那叶满是春的气息，喝一口汤，清香直逼心底。“爽神极了！”一起品尝的左邻右舍直嚷嚷。第二天，他们还叫再煮，然而，我笑着摇摇头，有昨天的记忆就够幸福的了，何必要穷尽那滋味儿？再说经过一天的太阳，昨天还嫩生生的颜色今天已疯成了深绿了，昨日的清香可心不会再有了。

春天就是这样唱着响亮的新歌，永远向着充实和完成的路上走去。

更让我神迷的是那无数的十五六岁的少年。当他们昂首阔步满面春风向我走来时，先是一股爽朗新鲜之气迎面扑来，坐着站着聊完天，给我留下的便是他们尚未彻底走出“鸿蒙国”里的纯净、欢乐、爽直和一缕迷茫，一丝易感。再细看那些少男，一个个目射灵光，仿佛他们就是一团能燃烧世界也能燃烧自己的烈火，他们吃饭时那般狼吞虎咽的豪放，那阵刚从球场出来热汗如雨便到水龙头下哗啦啦直冲的旋风，都令我赞叹不已，这就是青春。再回头看那一个个玉雪玲珑的女孩，似乎没有一个丑的，青春的美赐给了她们无上的骄傲。你看，莹滑的肌肤，生动的脸庞，亮晶晶的双眼，身子矫健得像一只燕子，跳动得那么轻灵可人。仿佛这自然的春天只是这些少男少女的了，真是“不羡神仙羡少年”呀！

于是，当我站在讲台给他们“讲座”时，望着那塞满教室又挤在窗口走廊里的纯净少年，我的心柔柔地感动着，一时文思泉涌，无数的爱意尽情开出了无数芬芳美丽的思想花朵，那不断的热烈掌声，便是他们赋予我最真切的爱意和信任，此时，我与他们最相通！似乎，我也年轻了许多，被簇拥走出教室的我，沉浸于青春的欢乐中。那是一个多么纯净的世界啊，只要你真诚地走向少年，让他们于瞬间接受你的真挚、善良还有理解和才情，那么他们就会忘乎所以地爱戴你，甚至崇拜你。爱青年人，青年人也一定会爱你的。这大约便是鲁迅、农妇（海外女作家）之所以乐于与青年人为伍的缘由之一吧。

三月，女儿3岁了。母亲寄来的相片上，才分别两个月的女儿像插上闪光的翅膀似的长了许多，那新月般的笑脸，不正是这春天里一朵令人心醉的蓓蕾吗？四月，自己也过了30，生活的皱纹却不是熨斗所能熨平的了。然而，我们每个人要愈合创伤、走出精神的早衰，并非只是在黄连树下弹琴，更重要的是要注意在我们体内奔突的那股犹如这春天般疯长的生命力量。

大约，这便是我在这个春天的灵气润泽里的最大收获吧。

（原载《南宁晚报》1993年5月11日）

在秋天里游走

秋深了,窗外又下着细雨,是读书的好时节。

凝神读着鲁迅。

蓦地,记起鲁迅是累死于五十九年前的今天的。那时,凉风瑟瑟地把先生平日就写好的遗嘱呈示给深秋:“赶快收敛,埋掉,拉倒。”先生于天上看见深渊,生之清醒使他真切感到自己即使死了也要被人利用。于是,就如平日他对事事总是思虑周详,他常常考虑他死后会怎么样,这死的冷静便凝固为这决绝的沉郁了——他要人们忘记他。

既意气昂扬又自觉悲凉。

人生之苦,死之必然。鲁迅一直强调着。他要以生命与苦宣战,最后与黑暗同归于尽。在绝望中抗争,直面现实的黑暗,直面人性的局限。于是,就获得了直面人生的大哭大笑和超越人生的大彻大悟的结合。人于无所希望中得救，最终成就了巨子。

可以忘记吗？他沟通着永远。

五十九年后的现世，又是秋天。另一位也一辈子都在希望人们忘记的文学天才张爱玲悄然离世了。

她安详地躺在一块精致的地毯上，盖着毯子，就像睡着了一样，犹如她独立的一生，既善于将生活艺术化，又满怀悲剧感。只有她才能同时享受灿烂夺目的喧闹和永世的孤寂。繁华苍凉，既是她人生传奇的写照，更是她文学世界里令人惘然叹喟的气质。

她正好在中秋节前一天离去。月与人的阴晴圆缺对深刻卓异的她没有意义。我们不能想象，洗尽铅华的张爱玲会在其他的日子以其他的方式离人们而去。

她的死透彻着唯美与苍凉，犹如“她轻轻一挥都是苍凉”一般。

遗嘱里她说：“喜欢悲壮，更喜欢苍凉。”那也是临终前早早就写好了的。

窗外窗内，生命的绿叶遍地飘零。

死是必然。

重要的是生之意义，尽管人生苦。

诗人是苦恼的夜莺。

于是，便翻开秋季的《南国诗报》。所幸的是，我们的时代还有这么多的人在守望和礼赞着诗的生命。那一颗颗赤子之心令人景仰。

便想起南国诗报社的大门外，已经站了许多年的相思树。

在一些起风的日子里，我常常与一个叫相宜的女孩起个绝早。

那时，行人极少，空气极新，相思树下红豆鲜亮。相宜每拾起一颗便朝我大叫："妈妈，这一颗更漂亮！"这时的她绝不会大煞风景地背诵王维的《相思》。于是，一颗比一颗漂亮的红豆，就被装进前一天晚上就给她备好的漂亮的小布袋（有时又是自制的漂亮的纸袋）里。转眼，就到了附近的幼儿园，女儿就成了红豆公主，骄傲地向小朋友分发她的红豆。这条红豆之路，是我们母女俩从家到幼儿园的必经之路。至今，每每经过，我常常忍不住会润润地长长地轻声叫道："毛毛妹——"安坐在自行车后座的相宜则会润润地长长地轻声应道："哎——"于是，一切关于红豆的诗绪就流动起来了。在诗歌和生活之间，红豆早已作为一种象征物了，它的蕴意和美质显然超出了红豆本身。然而，我还是喜爱这小豆豆本身。

这大约便是人生苦中的一种人的生气吧！

人生苦中最需要的大约还是直立着的精神。

秋夜里，又翻起诗人韦其麟先生白天送的新作《苦果》。全书悲愤交加的苍凉感一如既往地压迫着我。我又随着抒情主人公"我"的眼光去审视人间、探究人心、深入生活，尤其是对社会生活（更是对文人）揭疮露疤。我们痛苦的诗人在希望之暖流和失望之冰块中挣扎着，他的前额在苦修自我，他的后脑在忧虑世道，愤世嫉俗与人文情怀是全书的情感基调。我们随处都可触抚到中国人文学者从忧生走向忧世的心路历程。书中除了逼人的真性情之外，还有一种高贵的清洁的精神。这诗集还是校样时，我就读过，然而在这逼人的沉重面前，我一直未能下笔，肃然起敬中没有了语词。

人生苦，更需要正直人们的良知。良知有自己的本来面目，不是靠武力可以改变的。

是的，这个秋天，几乎整个人类都在为五十年血泪的记忆而审判没有良知的法西斯专政。

今天的中华民族在为永远不当弱国子民而奋发。我们需要我们民族的英雄，我们呼唤我们精神界的战士，呼唤我们的拜伦、雪莱、普希金、裴多菲……以我们的精神“发为雄声，以起其国人之新生，而大其国于天下”，鲁迅的呐喊犹在。

于是，我们更崇尚讲真话的时代。犹如春秋战国时期，犹如五四时代，那是中国文化史上最有精神、最有生气、最有勇气说真话的一个时代。那开辟荒芜的精神永远令人景仰。

在秋天里游走，秋天也开始年轻起来了。

是的，我们习惯哀叹生命的绿叶遍地飘零。可是，我们可曾念及其生来澄明？可曾念及这飘零将催发多少新的生命？殊不知被哀者还在笑看哀者空有一腔痴情，这实在是一种不知庄周梦蝶，还是蝶梦庄周的辩证。在枯与荣或死与生的必然互补互换中，昭示了生命现象怎样的厚实而生动、繁复而简单啊。

1995 年闰八月。月亮的心情布满了天空，秋似乎真的年轻些了。五十七年才遭遇一次？也就是说我们这辈子也只有一次一年过两回中秋节的机会。人有多少一次？于是，这就不是纯粹的地物天星之景了，而是让人叹喟的人生郁结了，优美又苍凉，更令喜欢把自己装进去做山水人物的诗人们独语不已。

（原载《南国诗报》1995 年 10 月）

冬夜随笔

对于自然与人、人与文学，不知怎的，近年来无端地有所感触，感触些什么，又常常难以说清，那种种联想，已有好几回使我陷入无边的思绪之中，就如此刻——书房的灯火把寒冷驱逐出屋的冬夜，随想又不期而至了。

有些感觉触摸到自然通向人类精神之路的，是几年前。那时，为了逃避软弱的自我，我下乡去工作。

工余，总是呆坐屋前。就在我双眼空望长天的哀切中，终于有一天，我发现小屋前的围墙内是个花圃，那里各色花朵每天竞相开放。我的呆坐便移至其中的一块石板上。一天一天久久地看着花儿，在这种静静的、不想出声的注视中，花也似水了，那么清，那么亮，一滴一滴从我眼里流到我常年抒写忧伤和无奈的手上，渐渐地，便不可阻挡地哗哗浸透了我那因伤痛而枯燥了的心灵。久违了，我原来就喜爱的这花这草；久违了，包括自己在内的所有生命。于是，我开始把花请入书斋并与之对话且至今不改，更多时候，工余则进入园丁的活计里，我渴望以身心贴近这如水的生之性灵，看到它们在我手下日益明艳，我的内心升起了一种自然亲切之感。还有那里的人们从不问我从哪儿来，却天天乐呵呵地帮我从镇上捎来一天的蔬果，有时还采上一束野花放在我的窗棂。于是一次又一次，我门前的车前草、自己种养的水瓜，便成为我招待这些淳朴人们的美味，人与草与瓜笑成一片。

就这样，我不再对世事视而不见了，我开始追寻着那里的河流、山岭、树林——居然，最具人文内涵的三大自然风景这里全齐了，还有屋檐下的燕子、傍晚的蝙蝠、厨房顶上的桃子、池塘的小螃蟹、田埂边上的野草莓。我兴致勃勃地呼吸着这里的元气。尤其夜里，梧桐树们或涛声澎湃或沙沙微笑，这是风的骄傲。这种都市早已绝迹的风语，便很清纯地伴着我昏黄的台灯和一纸的宁静。

生命也为之精神了。

于是，我便有了那年在国内发表的一批作品，并获得了广西第二届独秀文学奖。自然启悟我，文学是我的天命，我喜欢并虔诚顺应它，尽管我性灵呆愚。笔头生涩十多年了，然而我喜欢。再说，读书、教书、编杂志、写感受、写体验（文艺评论正是一种体验），对于我，原来就是一种与自然的心灵之约，或者说是我对人生的一种表达，那种精神永在。这便是那年那里对我的应和所得，我竟然以为这正是天之所以厚待我了。

当然，人对自然息息相通的生命气息的感应，在于人的悟性。

没有人，自然谈不上美，也谈不上人文内涵，就更不存在文学之类的上层建筑。

这种感应，使我又想起十年前，那时春天的周日，我常常走出学校独坐颐和园，看那一树一树洁白充盈、没有片绿的玉兰。年轻的心便宽宽地放在最浅显最纯净的一撮思想里，真美！至今，那颇似掌形的白色花瓣仍夹在书页里，只是素色不再，素心不再。当然，这份应和还是单纯的。

而令我感到自然造物的不可思议的，是一次离开昆明前的灵魂惊喜。那天，朋友夫妇送我三十六朵玫瑰，第一层是淡紫，而后鹅黄、粉红、大红，一环环衬起一枝洁白洁白的玉色玫瑰，满天星缀满其间。玫瑰是罕见的杯形，丝绒般的花瓣层层相拥，倾其所有挥洒着华贵绚丽、明艳欲流之态。我对这份完美、玄妙、雅致的迷醉已远远胜于前一天对路南石林的惊喜，而且送花人的一声“祝福你，从此大吉大顺！”便把浓浓的情意和诗意交给了花心，顿时，我的情绪竟不禁迷茫缥缈起来了。

飞机上，我也不肯放下这束灵秀，宛若新娘。新娘？一念之中便有了一个如玫瑰的微笑，可泪水却又夺眶而出，还是守着自己残破的世界吧。也许欢乐与忧伤常常是手牵手的。一时想起前一晚唱卡拉 OK 时，送花人轻轻地尽唱些感伤的歌，淡淡的却不痛，而她的先生（我这束玫瑰及其结构便出自他的慧心，他平时总给爱妻送花）却不再说话，笑眯眯地听她的歌，很投入。人幸福到了极致，便会无由地生些不能言传的愁绪来，淡淡的，却只能自己享受。他俩很懂情感，这是一对永远恋爱着的夫妻。这对好人！

之后半个月，我一直与这束玫瑰恋爱。我把它们分插于书房和厅里，一时，家里因这束花而有了一幅幅静物图案，而满屋都是轻香浮溢，令人俯仰间感触到一种灵性一息生气。坐在书桌前更觉神清意朗，这可见的美丽和书籍里的智慧顿时圆满了我的心田。这是长年自己给自己买鲜花的我从未体验过的，那份不断发现美姿的惊喜和融融心绪，绝不减于与“寤寐思服”的人相会，还有那凝望那沉思……

花儿也与我恋爱了，她们一直娇媚明艳、亭亭玉立着，花期比本地的长了一周，那奇香袭人的淡紫、粉红两种实在不能自主时一瓣一瓣，甚至整朵整朵地坠落，铺了满桌的绚丽，于美的极致时死亡，最终是成就了美，这令我感动至今。而大红委顿时，终不消其颜色（不像本地产的成了黑红），干干的还站于枯枝上，向我吟着哀歌。而最早凋零的鹅黄却颓败得没了原形原色。便想起日用品中，最先变色腐烂的就是黄色，诸如毛巾之类。这又是自然界的谜团之一？我不得而知。于是便想，花儿也是有灵性、有品位之高低的。“品位这东西为气为魂为筋骨为神韵，只可意会。”昆明的玫瑰啊！自然界的精魂！

也是在昆明，我置身于成千上万的红嘴鸥中，那些白色精灵的欢快歌声，和着初冬的阳光和滇池的密语，传到我们的耳边时，我不得不被牵惹着、震撼着，这白色天使向我发出了多么热切的召唤啊，犹如我每天在书斋静读时，书籍和心底互唤一样。顿时，我欢畅无比，我雀跃着，不断地喃喃欢叫：“你好，你好！”随着我手中的面包屑飞向蓝天，我的红嘴鸥朋友一个个俯冲下来灵巧准确地衔走了我的面包屑。有一只竟从我手心里啄走食物,犹如我女儿平日的抢食。大有“自去自来梁上燕,相亲相近水中鸥”之境,当然,那时杜甫的欢乐不会有我今天的单纯。欢乐,欢乐,只有欢乐。身着红毛衣的我与白色红嘴鸥和蓝色滇池相与浮沉于欢乐中。

真好!

至今,滇池这幅活的画还飘飘然如御风行来,昆明的玫瑰也早已消了她的颜色,散了她的芬芳,而这一切的一切却还在心底里欢唱,我却一直未能下笔,我深深感到自然与人类的互契感应,绝非哲学上的对应论所能概括得了的,人总是生活在某个环境之中,而这个环境并不只是生活资料的源泉,更是精神生活不可分割的一部分,精神无所不在。于是,就这个意义上,自然于人类便变得神圣和亲切了,反之,只能遭遇悲剧。一时,又记起十多年前的北京,曾有人枪杀了两只来玉渊潭过冬的白天鹅中的一只,而余下的另一只自杀了,它用生命抗议着人类的野蛮,也用生命把对同伴的哀绝推向了极致,忠贞而悲壮。伉俪之情,深至如此;天性之纯,清正如此。令人叹然低回。昆明的红嘴鸥也曾因同伴有过此类惨遇,而集体拒绝了昆明人民多年,直至近年两两相谐后,才成千上万地结伴而来。可见,自然与人类有多么深刻的统一性。

的确,大自然风景是人类文化历史的一部分,与山水林木相谐,而不应以征服者或掠取者的态度来对待自然,这是人文本性的根本要求,而不只是生态学的需要。我们从文不就是个体的自我寻求人本身的发展、个性的充实和自我实现的一种人生方式吗?

因而,写作实在是文人自己的事,是文人安放灵魂和完善精神家园的行为,之后才有其社会性。艺术是不太遵从市场规律的,因为它自身的规律与自然规律一样从来就拒绝一切唯利是图的态度。于是,在这个意义上,获奖与不获奖便归于自然和平静了。

冬夜漫长,无眠漫长,依旧随想……

(原载《广西人才报》1996年3月5日)

邕城闲笔

住在邕城(南宁)已有十几个年头,我当然不敢说这个城市是我的,或者我给过这个城市什么。但我对这个城市心怀感激,是她圆满着我的精神世界。

然而,曾经很长一段时间,面对外地来访的亲友,或是周游到外地,我总不免遗憾邕城没有人文景观,肤浅,没分量,不像北京、南京、西安、开封等古都,随意一锄下去,便是一段历史;也比不得周围省会有那么多闻名的自然景观。而且,这盆地出奇炎热,夏季上演得太长太长,以致春风秋色出场很短很短。

终于,一次羞愧的经历改变了我的肤浅。

几年前,外地文友提出要看广西的铜鼓,我居然不知应该到自治区博物馆,只是把朋友领到戏仿的文物苑:一面铜鼓建筑物! 这便有了我一脸尴尬的局面。我的询问、查书,待我真正面对博物馆里珍藏的古代铜鼓时，我心里一震，广西的铜鼓无论种类还是数量都居世界首位的呀！而且，我才知道自己已居住了多年的城市，早在晋代就建府了，邕州之称虽是因了邕江，却是唐代就有了的。这邕城！我突然感到历史的遥远和亲近，邕城的天地间时刻都涌动着文化的生命。你想，铜鼓就那样庄严地置放在邕城的市中央，只要你爱这座城市，凌晨你梦醒时分听见的天音，便是这鼓的余韵；黄昏你踩着晚霞耳闻的地声，便是这鼓的魂魄。于是整个邕城便在我眼里有了南中国的古意和神秘了，我也中止了移居的计划。

从此，在邕城的周游变得很自由很生动，那都是些与那个叫相宜的女孩相依为命的岁月。

是的，邕城的春日短。可比迎春花更早迎春的是邕江桥头的那棵榕树，当嫩嫩的浅绿点染枝头时，冬日未尽。女儿相宜便在一次次经过时，深了绿色。待到大街两边摆满了李子、杨梅、杧果、酸梅、枇杷时，榕树的每片墨绿已立在枝头上舞蹈了。这时的相宜就爱一路嘬杨梅，看着她满舌头满牙齿的紫红，已是三十好几的我齿凉牙酸丝丝吸气，全忘了自己儿时也是这副模样。“相宜，就这么好吃吗？”“嗯……”相宜故意一口几枚，乌红的果汁瞬间就把两片小嘴唇淹没了，还没等抽出纸巾，小家伙伸出尖尖的舌头一溜转，果汁又全舔尽了。于是，笑声哈哈。笑得最欢的，可以说是我们母女数次的郊游。想想看，邕城市郊丘陵缓坡上那大片大片的菠萝、香蕉、杧果、龙眼、荔枝、柑橙，还有桃金娘（山稔子），真馋人！

我常想，友谊和旅行真像一条河，一边流，一边能与别的河流交汇错综而交织为大地的叶脉网络，实在是件可心的事。而在许多城市之间旅行后，我才发现还是邕城生长的水果丰富，而且绿荫处处花团锦簇；蔗大蕉肥，四季飘香。就说树吧，树当然是天涯处处都有树，偏偏这里的是含烟沁翠，绿得要冒出水；各城市街道也都种树，可偏偏这里的是一条街一种树，而且果实累累。今年街边的扁桃树、杧果树果实就特别多，每每路过，相宜便嚷嚷要与我比赛数果子，一个一个的果实，一个一个的惊喜，也算是住在邕城的一大满足。

今年夏季，在邕城机场，身着背带裤肩负小行囊的相宜，在朋友们的带领下，走进候机室，她要到北京舅舅家过暑假。在朋友面前，我控制着我的担忧（尽管女儿周身都藏着我哥哥的各种电话号码），几次想转身，却总是不舍，仔仔细细盯着女儿看了一遍又一遍，欣喜又疼痛。七岁半的女儿可以自己背行囊了，女儿也要走四方了。那么，走四方之后，她又怎样看邕城呢？我不得而知。但有一点我相信，相宜每年都去的青山塔，会成为她生命的一枚印石，而流经她家旁边的邕江就是一盒印泥了，以后她的每一道年轮，都将无声地印下邕城的印记，而且一个会比一个鲜活。其实，我们所有邕城人不也是这样吗？只是各人的印记不一罢了。

这么说，这十几年，我的一切都在与这座城市对话？是这座城市调整着我的时空存在，圆满着我的生命状态？

我快步走出机场。

（原载《人民日报》1998年12月4日，发表时编者更名为《家在南宁》）

家在贺州

离开贺州已 20 年，每每忆起，从来没想过会有这么多的温柔陪伴着自己一齐踏上漫漫的路途。拂去其中家人的祝福和盼望，不知何故，家乡的形象总在分裂、在形成，一山一水一木一叶，都是些非常个体的意象，犹如碎片，一直难有一个整体。于是每个碎片形成的画面便延伸至永世空旷。便想，不这么忙乱时，真该用笔将这些远年回忆的碎片一一补充和拼凑起来，否则愧为贺州人了。

近日，有关部门要编一本自治区 40 年大庆的文集，电话打到我办公室："你家在贺州，你该补一篇关于贺州的文章！"心一惊，蓦然记起自己对故乡的疏离，便应允了。放下电话，闭上眼睛，乡心引出的首先是贺州的灵峰广场及那里留下的历史足音，心气立即浮动，便想动笔，既交差又"寄得相思一点"。

灵峰广场位于贺州市中心。从我记事起，它一直就在县委（那时贺州市还叫贺县，县城八步）门前的公园边上，10 岁的我天天穿过公园到广场的跑道上训练。那时广场远没有今天壮阔，但它却是贺州人群最密集的聚散地。我总以为它成于一个无法敲实的年代，这大约得益于它的天时地利。它东边拔地而起的灵峰岩是这个小城的“中流砥柱”；西南侧有名的留趣山上，亭台玉立；北向五年前还是公园，树木森森，公园四周围着一大轮的冬青，幽幽地长着，蓬蓬的头上孕着米粒大的籽儿，现在已变成三座现代化的喷泉、大会堂、图书馆；西外贺江潺潺流过，玉带绕城。依山傍水的，确实是贺州最吸引人的去处。

然而，谁料到商埠八步还曾有过一个辉煌的有极高文化浓度的时期。1937 年，李济深先生除了为灵峰山题写“灵峰岩”三个斗大的字外，还将灵峰广场题定为“嘉礼合会”之地。也许真是李老先生先觉，自题字留刻灵峰之后，抗日烽火四起，一时曾在上海、广州、桂林避难的文化名人和社会贤达二百多人流汇于此，其中有何香凝、柳亚子、梁漱溟、陈劲先、薛觉先、马师曾、红线女等等。

动乱年代，文人都好找个山水胜地隐居起来，这是自古以来的传统。然而，文化的本性是沟通与交流，因此，聚会便成了漂流至此的名人们出思想、出文采、出艺术的重要方式。于是，这个原来繁荣的商埠便领了忧国之思与文化风气，顿时热血沸腾、生动活泼起来了。

老人们说那些文人喜欢登灵峰山。便想，漫步山道，清风徐来，心底里暂时除却忧国忧民忧家之思，只留下对自然之美的纯净欣喜。远眺山下，西北是安居的城镇，东西是郊区的乡野景色，菜地、稻田、草垛、池塘和池塘里农民放养的鸭群。再看四周，一草一木，一山一石都各得其所地点缀于大自然之中，阳光雨露使之欣欣向荣，狂风暴雨也足以增强其生命力。人呢？作为自然界中的生物之一，在大自然中生生不息，并且各有各的安身立命之处，就如此时此地……文人终究是文人，到底还是感时溅泪了，他们最终还是为如此大好河山沦陷战争铁蹄而忧愤。

下山来，坐在留趣山的六角亭里，望着广场茵茵青草。我想，彼时的他们心中一定不仅仅沉浸于八步胜景，更沉醉于他们心中的毕生描绘。于是，柳亚子他们成立了文苑草地会，以茶会友，纵横时事，吟哦诗文，泼墨忧思，指点江山，挥斥方遒。一时留趣山生趣盎然。

留趣山原名老鼠山，大约取其山体形似团着的老鼠之意。老鼠山面对灵峰岩，山体也只有灵峰岩的六分之一。拾级而上，平缓的山顶上有一别致的六角亭，石凳围成大小两圈。相传古代有位僧人，见人们喜欢聚会于此，便在半山腰的岩洞壁上欣然题字“留趣山”后，飘然而去。中国的僧人素来重视人类的精神栖息地，既然老鼠山颇有庙宇之功用，那么便使趣留于山，山于趣而兴吧。无意中，这位高僧提炼了贺州的精神，使贺州多了一处可以传承的人文山水。

更富有文化意味的是，由于薛觉先、马师曾、红线女、梅绮等粤剧大腕的到来，一时唱大戏之风吹遍了八步大街小巷，几乎家家户户都在半生半熟地哼哼唧唧着。留趣山更是趣兴勃发，一会儿是马师曾的乞儿喉，半唱半白，顿挫分明，邈远悠扬，唱着唱着兴起时就糅入几句方言俗语，自然活泼，机趣滑稽，令人开怀；一会儿是“万能老倌”薛觉先为改革剧场陋习在激昂陈词；更多时，则是红线女分别与马师曾、薛觉先合演，当时 17 岁的红线女风华正当年。

然而，最令我着迷的是，中国粤剧最主要的两大剧团马师曾的太平剧团与薛觉先领导的觉先剧团怎么会同时都在八步？要知道，这是两个始终进行艺术之争的流派，人皆以薛马并称，而且二位先生皆以与红线女搭戏为好。共处八步，艺术上又颇多抵牾，这戏剧般的场面在后人嘴里都浑然一体了。至今八步的老人还津津乐道，外婆则是边唱边说：“三天也讲不完啊……啊……”事实上，八步因为他们的竞演万人空巷，老剧院里，留趣山、灵峰台上，薛觉先刚演罢进步戏剧《胡不归》，马师曾、红线女便登台义演《佳偶兵戎》，薛觉先接着又为抗日募捐再演《报同仇》……那是何等激动人心的戏剧场面，一时八步火啦。艺术与抗日激情的相互融会和较量，既为民族解放做出贡献，又成就了粤剧艺术与艺术家本身，更丰富了八步的文化声望与人文血脉。

我甚至不止一次想象两大剧团的海报，那是写意的还是求奇的？一边贴一份，两份并列一边，或者同登一份？都有可能。这其中包容的精神一定很大很大，这时的海报不再是一份招贴、一份布告。

今天的灵峰广场每天都有许多唱歌的老人，或客家山歌或粤剧，悠长而独特的乡俚音乐节奏的吆喝调子，居然也感染了许多人。这大约是薛马及红线女他们的余音。

循着那样的年代，贺州的确可以探寻到中国文人艰辛跋涉的脚印，何香凝老人在苦难中就显示了她从来独立自主、刚正不阿的秉性。老人拒收了蒋介石给她的一百万安家费，在邀请她去重庆避难的信封背面写下“宁甘卖画营生活，不用人间造孽钱”后，携着两个孙子（廖承志的一子一女）辗转到了八步。在生活的重压下，老人真的卖画为生了，她不收钱，友人便代拟订画规定如下：“作画一幅，致送鸡二只，生油二斤，猪肉二斤，白糖二斤，作为润笔。如要画大幅的，请酌予赠送。”老人这份风骨本源自她内心的良善和高贵。在八步的其他文化名人何尝不是这样？哪怕他们外部身份和遭遇一变再变，仍然宠辱不惊，内心的高贵未曾全然销蚀。这正像有的人无论如何追赶风潮和权位，仍然遮掩不住内心卑贱一样。最令人景仰的是苦难中的高贵和良善。

我为我的家乡曾经拥有过他们而骄傲！

也许，他们在遭遇生活艰辛，暂时乐在留趣山时，也会“平添两行泪，寄向故园流”，但我想更多时会是忧国忧民的“心事浩茫连广宇”，直至抗战胜利，一一离去。

就这样，一个又一个，一代又一代，激昂而来，溘然而逝。终于留下那些题字，留下这亭台，留下灵峰岩、留趣山。对于贺州，则是留下一个特定时代的声音，一串仁人志士跋涉的脚印，一种不息的艺术精神，一处可以传承的山水古迹。我想，这大约便是那个时代赋予我家乡的人文意义吧。

“备战备荒”时，灵峰岩洞是防空洞——当年红线女他们躲日本轰炸时曾经栖息过。学习变得不重要了，我被选入县体校田径队，怕黑的我每天凌晨便提心吊胆从县委家中穿过黑魆魆的灵峰公园到灵峰广场训练。好在那段历史很快就结束了。素来严格要求子女学习的父母中断了我没有天分的体育训练，我终于回到课堂认认真真学习了。然而，一直没有人告诉过我——贺州曾是桂东的文化重镇。

因此，任何地方要使人们有文化联想，的确需要文化氛围。今年，贺州出版了一本《贺州传奇》，是爱动笔头的父母牵头编的。前两天我打电话向母亲问及灵峰广场，她说去年底她曾请市消防队的同志用红漆把“灵峰岩”“留趣山”的留刻刷新过，母亲退休了，正远在北京的哥哥家中。

（原载《广西日报》1998 年 11 月 19 日）

水萝卜

水萝卜很平常。

在南方，当第一场春雨落下，几乎所有的树木都在瞬间换上了新绿，土地里的水萝卜也被催肥了。它非常好长，只要有一星半点的泥土，都极有可能看见它，细细的一柄独秆，嫩生生的，却撑起梅花形的绿叶，一簇一簇，在春风细雨中摇呀摇，绿的中间还零星地点缀着同样呈五瓣的小红花儿，它有个极能诱发人联想的动人俗名：酸咪咪。水萝卜便是它藏于泥土下的茎块，它外形酷似萝卜，只是要精巧玲珑得多，大约为孩童的小手指般大，通体透亮。它是孩子们口中的佳肴，尤其在南方的乡下。只是不经雨的水萝卜不宜掘，即使勉强把它掘出来了，也是须根涩渣；而一旦经雨，且不说软地里一拔就出，洗净送入口，立即甜脆爽口如鸭梨。莫非，是叶儿茎秆里有什么秘密物质被春雨逼入土了吗？天候地气在植物果实上的催化作用真是神奇迷人得很。

水萝卜就是这样极普遍极可爱地成为孩子们的美食，而我真正认识水萝卜却有些不平常。

那年，我 4 岁。

那年，我跟随父母搬出县委去建县城第一座大桥。不知何时起，街上老是不断传来口号声，一群群手持红宝书、臂缠红袖章的人涨红了脸，老在眼前穿梭。我常常站在指挥部门口，拍着小手看他们敲锣摇旗跳忠字舞。可是，有一天，我目睹了一些骇人的场面，从此，我不再嬉笑，老是大哭。父母赶紧把我送回乡下祖母家。于是，我的祖母还有水萝卜便填满了我整个童年的记忆。

祖母，那是一份非常厚重而又乐观的生命。

祖母是大户人家的闺女，嫁给同是富家子的祖父，却在大家庭的家道中落和祖辈的挥霍下，毅然领着五个子女，搬出宽大的祖屋，独撑门户。她一手扯大成排的子子孙孙，教他们怎样做人，怎样帮人；一手拉起成队的叔侄乡邻，帮他们消灾灭难，给他们带来和气、幸福。很长一段时间，方圆几十里都在传颂这位贫协主席、妇女大队长是“女人当男人做”的“活菩萨”。

在当地这么一位赫赫有名的祖母手下，我的骄娇二气被扫得七零八落。她先要我到乡里的小学听书，4 岁的我贪玩极了，祖母便用棍子追赶着我直到看见我在教室里坐下。至于我的衣物食物，她也分一些给亲戚及乡邻的小伙伴。一次父母让人捎来当时稀罕的糖果饼干，我高兴极了，紧紧抱住，全然不顾一旁大眼瞪小眼的小伙伴。祖母一把夺过食物，命令我一一分给大家。我哇哇大哭，祖母叹了口气便拉我去菜园的墙脚，哗，偌大的园子，满墙根全是圆的绿叶、红的小花儿。我一下就被迷住了。祖母笑着说："还有好吃的呢。"她一边唠叨着我要如何与乡下小伙伴友爱同乐，一边用小棍子掘出许多许多白色甜脆的小精灵——水萝卜。以后便多了许多关于我和小伙伴们与水萝卜的故事了。那时真馋！尽管张家有一大片果园，可那是农家的命根呀，因而水萝卜成了我们这群孩子口中的尤物了，再说自己挖水萝卜自己吃也十分快乐。渐渐地，我也忘了县城的口号声和枪声了。只是有一点很特别，祖母从此再没有亲手给我掘过一个水萝卜，即使有时我挖不动了，也绝不准我放手，一定要我耐心地挖。遇到久不经雨时，她就说："水萝卜容易断，那是心是根呢，别去挖它了。"那时，我似懂非懂的，反正祖母说让人伤心不是好事，也就依了祖母，再说不经雨，水萝卜也不甜。

就这样伴着水萝卜，吸纳着祖母的秉性和心血，我一天天长大了。待回到父母身边读书时，人们都夸我懂事和努力。我从红领巾大队长到走入外面的大世界，其实我明白，是故乡那块土地里肥硕洁净的水萝卜，那块土地上劳作的祖母，那无所不在的情感浸润，化成了水分和养料，充溢了我生命的叶脉；我知道，我的根，是深深扎在桂东南那片黝黑土地上，扎在祖母手中那柄方锄下了。

我 10 岁那年，父母把已被生活累出周身病的祖母接到家中，可她总住不久，每到农忙总往几十里外的老家跑。有一次，病好得刚能起床，就找不到她了。几个小时后，我在老家的田里找到她。我哭了，哭着求她跟我回县城。我知道，孙辈中她跟我最亲，孙辈中她也只坐我的自行车，尽管我有哥哥和几个堂兄。然而骑到半路，祖母就病倒了。我在路边的草地上，哭着依照祖母的指点，用路边荆棘一个穴位一个穴位地给她刺，就像她曾经用此法救过许多乡邻一样；没有开水，我又挖掘了田边一大把水萝卜——哦，我的水萝卜，一个个洗净让祖母嚼，总算使她缓过气来了。那年，我13岁。那时，我一直呜咽不已，为祖母，还有水萝卜……

而让我真正意识到我的血肉之躯、秉性和灵魂与祖母紧紧相连的，是我大学毕业工作后又从北京学习回家探亲之时。祖母在与我独处时，细细询问我的一切，尽管我说得很轻松很快乐，祖母却摇摇头说："我知道你好难。你像我。"就这么一句，洞穿我心房的一句，透着那么深的理解，透着那么重的爱、惜、忧、叹……我真想抱着她哭诉一场，倒出那许多年的风尘酸楚，倘若她再问我一句。然而，78岁的祖母不再问下去了，我突然醒悟，祖母的心一直在随我远行。这绝不仅仅因为我俩同天生日（农历四月初三）。

就这样，我一直享有这份人生中唯一的深深的心灵默契和可贵的信任，努力耕耘着自己的精神家园，在外边无奈的世界里不再形单影只地四处飘零。

直至四年前的四月，水萝卜花开了，而顽强的祖母却再也张不开口了。她昏了三天，但总有一丝气吊在口里落不下去，悠悠地喘在她枯瘦的嘴角上，直到我和哥哥从异地赶到她床前，一声哭叫，她落下两行浊泪。在场亲人无不为之动容。

祖母，你是在等我们兄妹呀，满堂子孙，再远的也都回来了，就您最疼爱的我们兄妹迟迟归来。

那是几十年来方圆几十里罕见的葬礼，密如蚂蚁的村人跪满了晒坪、稻田。哭声一片,哀歌不绝,唢呐呜咽,鞭炮撼天。大家都在感叹祖母在那方乡土上无量的功德,都在感叹她养育的一大堆子子孙孙……

新坟在凄清的四月中隆起,所幸的是,她的身旁,开放着无数的小红花,那绿的叶、红的花蓬蓬勃勃连成一片,那是水萝卜的献礼。这平凡的无处不在的小生命,永远以自己的普通向自然向人类奉献自己,只要你需要,它就奉献自己整个生命——从叶到花到根!祖母的一生不也同样如此普通而澄明吗?是的,“水萝卜是有心的”,祖母说过。也许祖母早已感知到这小生命在默然中的这种生命意蕴了。

四月,祖母的生死场。四月,水萝卜的花季。

这些年,无论我飘零到哪里,在怀想祖母时总会不时回味起水萝卜的情谊。最近一个雨后的周日,带着刚满两岁的女儿,很意外地走到了一个长满水萝卜花的田园里,自然,我们很快挖起这充盈着我儿时记忆的水萝卜。

“妈妈,断了!”女儿大叫。恍惚中,我居然把水萝卜掘断了,黄土地中剩下一个透亮润泽的圆点,原来四月的土地据守着的是这么一个透明的核心!祖母,我一定把土中的那一半挖出来,还水萝卜一个完整的心;祖母,我也将告诉女儿,水萝卜有一颗怎样透亮、水灵,而又顽强的心,它以怎样的平凡展示自己的蓬勃、自己水灵灵的爱,就如祖母您……

渐渐地,水萝卜一样润泽的情绪,水萝卜一样温馨的记忆和生命尽得了这四月的风光人情,这温暖的快乐涤过我的心,徐徐漫上来，悄然地没过了我的每一根长长的发丝，女儿粉红的小脸愈发生动了，我的身心融尽……我知道，水萝卜的根须很短很短，然而，土地——无所不在的情感，一定会把我们快乐的笑声浸润到九泉下祖母的心房……

这天恰好是祖母的祭日。

（原载《三月三》1993 年第 1 期）

家中有女初长成

新学年开学的前一天，女儿相宜跑到我办公室，独自在电脑前磨磨蹭蹭半天，做成了一沓 16 开的作文集，说是暑假作业。编辑部的同仁都夸她厉害，我接过手：嗬，《最初的完美——我的作品集》，还是彩色美术字呢，挺漂亮的嘛，书名显然偷师于她崇拜的铁凝阿姨《遥远的完美》（我主编的鸢尾花图文书丛之一）的书名。

晚饭后翻开，马上发现粗心的相宜还是不改粗心。扉页上自序："我生命的旅程，只开始了 13 年，在这'短短'的日子中，我经历了许多许多……这段路程在他人的眼中，也许是再普通不过的，但是在我的眼里，在我的梦最初的完美！"显然结句为"在我的梦里，却是最初的完美！"再翻到后记："编完这个小辑，心里兴奋得不行，原来今年我有这么多的受获——快乐、忧伤，忙碌、充实，还有些小情调。这一步一步脚印，虽然摇摆蹒跚，却一直向前。许多年以后，再回头读读，那真是一件很有意思的事。”显然，收获成了“受获”了，便叫相宜来改，她一看尖叫起来，一脸的后悔，然而，她就是不肯用笔改，以从未有过的执拗抵抗着。家里的电脑没有打印机，她第二天一大早就赶到我办公室修改打印，她要在八点半赶到学校注册时交呢。结果，电脑出故障了，相宜急得眼泪乱转，我让她用笔改，她就是不肯就范。这孩子，还真是追求完美呢。她太喜欢她设计的彩色版式了，她更不允许清洁的版面上有一丝一毫的污迹，宁可让字错下去。尽管我喜欢她这种执着，但有错就得改，总不能让人把“收获”读成“受获”吧，这简直就是买椟还珠。我也变得强硬起来了，这是我第一次逼她，逼她在我眼皮底下改正，她一副宁死不屈的样子。我心里又气又好笑，仍然板着脸逼她。她含泪改了，还恶恶嘟哝了一句什么，大概是骂我，我说：“你再说一次。”她头也不回愤然离去，带着兰花般的女儿香。我乐了，女儿真的长大了，大到竟要我逼她就范的地步，她有自己的主张了。过去的 13 年，我真的没有强求她做什么，更不用说逼了。

今天回望她的来路，我想起她的不肯就范，两年前就这样了。那是暑假，她又开始走四方了——到我的兄弟姐妹家旅行。她一再表示她坚决不要重复她从 5 岁半就开始的飞机“邮寄”（即无陪伴儿童空乘服务），尽管每次事后她都会眉飞色舞地向我描述给她导航的空姐如何漂亮、空哥如何帅酷。幸而，南宁航班少，出入简捷。就这样，11 岁的相宜骄傲地独自护送来我家度假的 9 岁的妹妹（她二姨的女儿）回家，可她一点都不知道，直到二姨在珠海机场接到兴奋几天的两姐妹，我们几个大人跟着她们飞翔的心才算落地。她笑话我们瞎操心,她说,她要长大。回来时,她还是长不大,她委屈地哭了,在深圳的宝安机场。与她犹如闺中密友般的小姨是逼着她"邮寄"的,宝安机场航班与出入口太多了,她需要引领,她就是不同意,更不肯穿那件"无人陪伴儿童"的黄背心,11 年来第一次与她亲爱的小姨发生冲突,她伤心极了。最后,还是"为了小姨",泪眼汪汪地披上令她觉得"屈辱"的背心。而今年 13 岁了,不逼她了。前几天,看到她背着行囊小大人般老练地走出机场,远远瞧见我,沉稳瞬间消失,她快乐得像只小羚羊奔向我的怀里。"嗬,又长高了! 快赶上妈妈了!"我掩着有些潮湿的眼角。

是的,相宜是快乐的。她开朗、健康、阳光灿烂,她聪明的小眼睛总是闪着快乐的笑意,充满朝气和活力。她在周记里这样告诉老师:"我有宽松自由、温暖无比的家,有可以畅谈的朋友,我是幸福的!"

当然,作为她说的"最重要的朋友",我每天总要倾听她手舞足蹈的谈话。那真是件快乐的事。有时,她会写上几句话,"带着,路上看!"出差在外的第一天,我总能在小包的某个角落发现她制作的祝福小卡片,或是弄得花里胡哨的字条。比如这张是那年随中国作家代表团访美时,我在随身带的挎包夹层里发现的:

亲爱的妈妈:

我真是太太太替你骄傲了! 你现在一定非常、非常兴奋和开心吧! 我给你提几点要求:一、当你在美国玩耍时,一定一定要想着我们! 二、当你看到美丽的美国风光时可别忘了照下来哟! 三、你也要好好地享受着自由的空气，注意休息！最后，看到好东西，一定要买下来，送给你最亲爱的宝贝女儿哟！也别忘记给我买那美丽、迷人、可爱、精致、漂亮、青春的泳衣哟！！！

你超级、超级 Love 的超可爱的宝贝女儿：小相宜

外封上写着："老妈亲自看，最好每两天看一次。"

今日翻出这些可心的小卡片，相宜直嚷嚷："这是我写的吗？太肉麻了，不许给别人看！"这就是相宜，长大着的相宜。

长大着的相宜，今年已经不再缠着她的好朋友（我的先生）给他肥腰系上一块花布，自己穿上短裙，踮着脚领着她的"黑天鹅"从这个房间跳到另一个房间，围着正在做家务的我转了。那简直就是丑小鸭领只黑企鹅，把我笑翻在地。这是常常令我开心大笑的两个人。

长大着的相宜，开始与姐姐动不动就关门在房间里面嘀嘀咕咕了。相宜的幸运，还在于她三年前拥有了一个姐姐，她最好的朋友。突然间，几乎所有独生子女的缺陷都被弥补了。两个小姐妹一见如故，她们要求住一个房间，童话般的闺房温馨无比，那是她们私密的花园。

快乐的姐姐有些不快乐，尽管她已经 18 岁了，然而与所有的家人说话仍然奶声奶气的，一副与年龄极不相称的可爱模样，那当爸爸的也"宝宝"长、"贝贝"短的，每到一处爷爷奶奶都要求她电话报告，哪怕从市中心爷爷奶奶家回到同样位于市中心的家，包括晚自习。我劝说着大人，他们却是一副疼爱的表情。我知道，先生满

心愧疚，为自己婚姻的失败而使孩子心灵蒙上阴影，我能感觉到他有多爱女儿；我还知道，他有多爱，心就有多疼。孩子也知道他们全是为了她好，可她就是感情上接受不了，只有消极应付了。她是有才华的，钢琴弹得好，歌也唱得出众，她喜欢热闹，可是在人群中，她总感到孤独，她开始交男朋友，她跟我谈，那是与她爸爸妈妈从没谈过的许许多多话中的一句，她说“不是你们大人所想的那种恋爱”。我也一直认为，男女同学在一块儿并不都能说明什么，小孩子嘛玩到一块儿就是好朋友。我感觉她是害怕孤独而与一个能相知的同学相互取暖、相互安慰罢了。我理解她更替她担忧，担忧半大的孩子太敢作敢为了，不计后果，受难的多是女孩子。于是，在她们的闺房我告诉两个孩子，什么是女孩子的底线。是的，她并不需要家人呵护备至的宠爱，她渴望宽松自由的空间，可以畅谈的朋友，渴望家人的信任和平等的对话。家人并不真正了解她，不了解她的内心世界。

看到她热热闹闹的外表下那无处不在的孤独和忧伤，我的心也如先生般疼痛着，她轻而易举地触摸到我内心中最柔软的一块地方，我愿为她做任何事情。那是一段真爱与灵智会心的日子，信任和欢愉洋溢在她与我、与相宜之间，那种充满温馨活力的绿色，早已消去世人为继母为继父为非亲生姐妹涂上的灰色。

我们出门远行，我们骑上自行车一惊一乍地穿行在车流人群之中，我们读书，还逛花市、游狗行、下海嬉水，我做着美味可口的饭菜，更在夜深人静时与她一行一句地讨论她的作文、她的学习、她的同学。时不时我会读几页她们姐妹正看着的书，瞄几眼她们正看着的电视。她们正被时尚迷惑着,迷韩剧、周杰伦、孙燕姿,还有F4,流星花园。对孩子,再忙,你也必须了解;她做错事了,你一定要直面;当然,她再微小的进步,欢喜之余你更要不断地鼓励。否则,你的孩子只会离你而去。走在街上,她会情不自禁拉着我的手,那弹得一手好钢琴的纤纤指尖流淌出来的暖意,让我充满力量,这么个好孩子,真是个懂感情知冷暖的敏感孩子,我们是朋友了。她不长住我们家,每住一段,她都会在秤上着急地告诉我们:体重增加了,学习也进步了。我们就开心大笑。她变了,她长大了。我只想我的两个女儿能够健康成长,快乐些,再快乐些。

尽管女儿们时常会说一些傻傻的悄悄话,掉一些莫名其妙的眼泪,但她们天真地快乐着。其实,小女孩就是这样长大的。

(原载《此岸,彼岸》,河南文艺出版社2004年)

公元1999年
——怀念张钧

1999年8月，接到《文艺争鸣》郭铁成主编从长春打来的电话，一是想知道我去长春开会的航班号，二是想让我婉言劝阻东北师范大学的副教授、青年批评家张钧与会，而且说这是他们会议主办者，尤其是张钧的导师戚廷贵先生对我的委托。因为张钧的身体已经吃不消了，他的肺癌随时都有可能让他倒下。医生说，他能活到今天，已是奇迹。大家都希望奇迹更奇，都希望他能多活些日子，再多活些日子，周围的人都瞒着他。而浑然不知的张钧，这些天一直要求与会，一直在打听我抵达长春的具体时间，说要去接我，全然不理会大家的劝阻。轻轻搁下电话，我慌乱不已……

张钧是1999年4月发现患肺癌的。无奈中，他放下手中的课题：中国当代小说创作中的个人化写作。他为这个研究，阅读了600多篇（部）作品及大量理论文章，作了几十万字的访谈提纲，并做了令中国文坛瞩目的访谈——走遍大江南北，专访了 28 位新生代代表作家，并整理完成了近 50 万字的访谈录和 20 万字的论文，历时三年，直至积劳病发。他还计划出三部书稿：一是他与新生代作家的对话录，二是他编的新生代作家的小说理论集，三是他自己写的研究论著。此外，他还有一批诗歌小说与理论文章以及一部长篇小说。他无奈地搁下他的艰苦治学，到了北京动手术，回来后，他兴奋异常地告诉我们，北京的医生说不是肺癌，长春的医生是误诊。然而，顽强的张钧怎能知道，北京医生打开他的腹腔后发现，医学早无回天之术，他还活着已是奇迹。医生们唯一能做的便是再缝合腹腔，告诉他“没事了”，希望奇迹延续。而当时唯一知道实情的是他的爱妻王村径女士。这是何等凄美的欺骗！

慌乱中，我给北京的敬泽兄打电话，他听了我语无伦次的叙说也傻了：是我们一拨文友为他联系的医院，说排除癌症之后，我们和他还到饭店庆祝一番呢。怎么会是这样呢？

是的，谁又会料到一个如此执着于理想追求、一个受尽了生活磨难的顽强生命还得面对死神的挑战？我竭力止住自己的颤抖，给张钧打了个电话，告诉他我到长春还有点私事，请他千万不用去机场接我，我会去看他的。因为，前一天他来过电话，知道我的具体行程，也知道他的刘继明访谈我已签发。

第二天晚上，张钧来了，他无论如何都不让我去看他，说很近，他要走走。我不放心又问他妻子，王村径说他行。在东北师范大学宾馆我第一次见到他：高高的个子，很瘦，一身疲惫，却乐观。我实在没有勇气正视他，生怕管不住自己的泪水。我一再找各种理由让他第二天别来会场。他并不搭理我的话题，只是说着自己的写作计划，还要给我们杂志稿子；说着1998年他多年后回故乡广西的情形，说见了东西和鬼子，可惜那时我去了欧洲没见着；说着他30岁以前的坎坷，年幼时在柳州，全家成了“反革命”，十几岁便开始流亡至东北；说着这次会议要来的同行。他很平静，但每个话题都是三言两语，因为我总是轻轻打断他，生怕他累了，生怕他伤感。最后，他终于同意不来开会了。虽然他低着头说，我还是感到他的无奈和失落，我无言以对。我早早地送他回去了，生怕他轻飘飘的身子倒下，生怕自己会忍不住说：“如果你很想来开会，就来吧。”

虽然完成了大家的重托，可是，直觉告诉我应该让张钧来，因为他很想来，因为有这么多他认识的师长、同行朋友，更因为文学是他的生命。然而，大家都认为他不来是对的。可是，他低着头说“那就不去吧”的情形一直让我不安。这种不安直至年底。

1999年年底，世界众声喧哗，人们或在讨论是否是世纪末年，或是谋划如何过个百年元年，商家更以此为商机以多闹腾些银两。张钧的故乡广西也乘时召开“文代会”，文人们欢聚之时更免不了争位排名，而这一切与一生飘零、早已失去故乡的广西籍文人张钧无关了，因为在遥远的东北，张钧耗尽了生命，静静地离去，时为公元1999年12月22日。

张钧的文学生涯起点是诗歌，后来多为文学评论，而他一生流浪不断一生理想不断，显示了他诗人的天性。我突然明白里尔克为什么会说诗人都是些没有故乡的人了。便想，张钧早已把他朴素而艰苦的文学追求播种到中国的大江南北了，何处不故乡？

一年后，陈思和先生把张钧生前托付的手稿在几个出版社间辗转未果的事告诉我，我又把张钧的故事告诉了广西师大出版社的社长肖启明等人，感叹之余，他们同意把张钧的新生代作家访谈录纳入我在该社主编的“南方批评书系”中出版。终于，故乡的上空为张钧飘浮了几朵美丽的云彩，他一定能看到。

毕竟，张钧为新世纪的中国文坛留下了一种永远的文学精神。出版他的访谈，是为了他这份20世纪90年代文学批评的生命追求与艺术良知，是为了一切像他那样的真正的文学殉道者，是为了一切关爱文学的读者，还为了我难以忘怀的1999年他不能与会的失落。

（原载《羊城晚报》2002年7月11日）

一棵精神之树

世界本没有相同的树木，却有相似的树。

2004年夏，弥留之际的文学评论家程文超先生，要把《欲望的重新叙述——20世纪中国文学叙事与文艺精神》这部在他最后日子里与学生一起完成的书稿托付给我，“希望成为‘南方批评书系’之一”。他以生命探寻一种融叙事学分析与诗学体验于一体的有效路径，直接清理欲望叙述与当下文化的难题。2004年秋，49岁的文超离去了，这部遗著也成为一种生命的见证，见证他的学术精神，见证他的师者精神，见证中国文学评论家的精神。

也许是一种巧合。我主编的“南方批评书系”第一辑始于另一位同是评论家的文学殉道者——东北师范大学青年学者张钧及其《小说的立场——新生代作家访谈录》。20世纪末，张钧为了完成本书，做了令中国文坛瞩目的访谈——走遍大江南北，走访了28

位著名的新生代作家，历时三年，直至积劳癌症病发，于1999年12月22日不幸逝世，年仅41岁。而这本具有当代文学学术性和档案性的访谈录在寻求出版未果时，被陈思和教授托付给我，并由广西师范大学出版社在张钧逝世两周年时出版了。《羊城晚报》以“一个人，一本书，一种精神”为通栏标题，刊发了一组文学同人的纪念。各大媒体也认为，张钧为20世纪中国文坛留下了一种永远的文学精神，他是一棵精神之树。

其实并非巧合。2001年底，程文超与中国文坛30余位实力派评论家到北海赴《南方文坛》之约。大家说到即将面世的张钧遗著，正处于病情有所稳定的文超望着无际的蓝天碧水对我笑呵呵：“我不会这么快麻烦你的！”想到那几年，他几次瞬间的犹疑和苦痛，他在电话里说，他不想治了。2000年底我在广东肇庆开会，想要赶去他家探望，陈思和兄、陈晓明兄说也要同行。四人轻拥，无语凝咽。那一刻，文超是那样真实，那样勇敢——面对朋友敞开一切的勇敢。因为只一会儿，他的爱妻回来了，文超又换上一副淡定朗健的笑脸，他能给久荷折磨的家人的只有笑容了。一时，我竟无法面对坚韧的文超形销骨立的笑脸。我知道这副超人的笑脸是因为文超有一种精神长在心灵深处，使他得以跨越十二年四次治癌大手术、大剂量化疗的艰难历程，他以对文学执实的虔敬和病魔抗争。他与张钧一样都是真正的文学殉道者。

一棵树生长十二年会有多粗壮？一个人十二年如一日与癌症抗争，却同样斯文有传，学者有师。以百余篇论文、八部学术专著为干，以无数亲友的情缘为叶，以三十三位他带出的硕士、博士为果，程文超用生命植下了一棵精神之树。与张钧一样，树上生长着文学和人类赖以生存的一种精神。

精神之树长绿。

（原载《作品》2005 年第 10 期）

闲读

这真的是一群不一样的女性，她们挣扎在生活的深处，然后平静，再挣扎再平静，并以性灵记下这些生命的痛苦和快乐。“尽管绝望，仍然守望”，这是女性作家们的坚定姿态，超越年龄，超越种族，超越地域。

女性生命的玫瑰由此盛开。

巴金遇见金城江

“巴金平素态度安详，很少激动。”萧乾在《挚友、益友和畏友巴金》如是说，如此看来，七十多年前抗战的巴金在其《别桂林及其他》一书中所表现的平实从容，便是他的本性了。文章四千多字，分四则描述了巴金 1942 年 3 月的北上行程：《别了，桂林的夜》《在金桂通车中》《金城江》《河池》，使我们得知他与金城江的二次相遇，得知金城江之于巴金，就是他的人生驿站；而巴金之于金城江，则是一个挂在人们嘴边、历久弥新的传说。

是的，巴金安详，他下笔也通俗如叙家常。我们无从了解他第一次金城江之行，但上述两则七十多年前的文字，却令我多少感受到巴金与金城江的第一次相遇，尤其是他对萧珊的爱恋。在我看来，《别桂林及其他》其实就是家书，战乱年代，家书抵万金啊。一个过客，把行旅中的衣食住行一一禀报爱人，因为这第二次萧珊不在身旁，39 岁的巴金，不同于半年前第一次到金城江。那是 1941 年 9 月 8 日，他与未婚妻萧珊等从昆明出发，路过金城江再到桂林，创立文化生活出版社桂林办事处，并为桂林抗战文化涂抹了浓重的一笔。也正因为那次与萧珊同行，无须报平安，便没有了文字记载。

于是半年后，这个变动不居的过客，如是告诉他曾经一同来过这儿的恋人，眼前一切不如从前了，不仅仅是金城江的问题，以及“金城”这过于堂皇的名字，而是因为你不在，我急于赶去与你相见，临时改了主意直奔河池，等票，到贵州，再抵达重庆你之所在。巴金重视他 33 岁的生命节点，那年，他的师友鲁迅先生逝世；那年，他有幸遇到他一生的爱人萧珊，彼时她还是未更名的上海爱国女校学生陈蕴珍，抗战爆发后，萧珊在西南联大外文系学习，开始了她作为翻译家的早期训练。

于是，一份家书成就了一段历史。

“金城江比半年前繁荣了。那么拥挤的人，那么嘈杂的声音，新的建筑，堂皇的名字……我几乎以为这是另一个地方。”国破山河在，战乱中四方难民成就了天下无数金城江这样的小镇，这种因为交通枢纽而“虚胖”的传世之地。尽管已经找好挑夫，并等候检查行李——民国时期也是要安检的，哪怕偏僻如金城江——欲往金城江深处走去，但物是人非的，这与半年前不一致之处，肯定触动了巴金某根神经，于是“我忽然改变了心思，从检查处出来，我吩咐挑夫跟着我去汽车站”，去河池。

我一页一页翻读着周立民的《巴金手册》，从巴金的年表与纪事中一路寻索下来，就可看见金城江与河池，这只是巴金在抗战时期逃难驿站中的一个，包括上海、桂林、昆明、重庆，都是他辗转迁徙的逃难岁月里的一个个小驿站。时局混乱不堪，他匆匆赶路，却能以竹椅或以板凳为案，写下一部部重要作品。这当然来自巴金个人的文学禀赋，无论外部如何，作家永远不会丢下手中的笔，一如巴金所言“放下笔我又感到窒息”，他是要把国难的愤恨吐出，真所谓“国家不幸诗家幸，赋到沧桑句便工”。

写作是巴金的生活与生命方式。他早在求学与留法时期创作诗文与翻译，28 岁创作了轰动一时、影响至今的《家》。3 月从河池抵达重庆后，4 月短篇小说集《还魂草》出版，彼时正在成都治牙的巴金说，近年他会在植物油灯下奋笔疾书，“写到窗外没有一点声音，写到板壁时时发出叫声，写到油干灯尽，我那颗燃烧的心得以安静，我才丢开笔倒在床上，在这些长夜里，我的确感觉到我是在用火烧我自己，我写作绝不是为了维护自己的‘声誉’”（《关于〈还魂草〉》）。

这是奇迹，巴金一生中重要的作品几乎都是在他三四十岁完成的，且大多在行旅中或友人家中，或诸如河池金城江的小旅馆。在一个个人生驿站里，一种大作家的禀赋翘楚飞扬，那是一种乱云飞渡仍从容的大家风度。他在不断成就自身的同时，也不断丰富、神话着这一个个驿站，诸如桂林文化城，诸如金城江与河池。这独特的造化，源自彼时交通的不便，一个个大大小小的旅馆，缓慢地吞吐着一波波的过客，慢节奏的人生无疑造就了其中的天才与伟人，驿站本身就是一个文化空间。

巴金笔下的画面是这样的：

> 在旅舍中，第一个晚上我睡在一间没有窗户的小房里，第二天早晨我便搬进了一个靠街的房间。房间不大，但靠街有两扇大窗，挂着半截的窗帘，窗台相当宽，窗台旁挂着一幅淡黄色窗帷。书桌放在窗前，坐在桌前抬起眼睛便可望见无云的蓝天……在这里我醒得早，早晨我常常沿公路散步，再转到山脚，去听绿树上群鸟的歌唱。散步回来，在旅舍中的小屋内，颇为爱惜明媚的阳光，我还坐在窗前翻译了王尔德的一篇题作《自私的巨人》的童话。

是的，自私的巨人从自私变得慷慨，最终在上帝的指引下走入天堂的故事，在战乱中温馨感人。因为国破山河在，阳光依旧明媚，河池金城江成了受难者暂时的天堂，至少这里没有枪炮、血腥与死亡，大家分享着偏僻的相对的暂时的安宁。

四则描述平实到不露痕迹，感叹家国的荣衰，感喟人世的兴歇，置身于如此战乱时代大河流淌的语境内，在激荡、奔走、等待、生死夹杂的叙述中，我们用心检索巴金在人生驿站写下的历史信息和金城江的前世，以此洞见人世的变迁与持恒。在时间面前，物是人非，持恒的是人生的变动不居、百姓日常的衣食住行，以及河池与金城江地理的要义。

小憩得适，还得一路奔去。战乱中的巴金作为一个变动不居的过客，在金城江如是说：

“我靠友情生活，我的自下而上因为周围无数人的存在而有了光彩。”而小小的河池镇(1953年以前是河池县的县城,如今已是地级市了),当然也是巴金的“老朋友”。终于可以成行了,河池,“我还认得这个别了五个月的老朋友,它没有多大的改变。”这分明是在告诉萧珊,河池与半年前我们来时没有变化,“比起金城江来,这个小城朴素多了,使人不会相信金城江还是河池县管辖的一个地方。”可见,他喜欢河池,当然也为了等票,巴金在此又住了四天。

受难之中,人的求生欲望变得如此卑微,尽管四面楚歌,四处泥泞,巴金在西南各地都能活出一种满足的安宁,他依然“感到非常安适,特别是在早晨,我望着窗外的平台,让我的思想在过去和未来中海阔天空地往来飞腾”(《关于〈龙,虎,狗〉》)。

人在驿站,巴金描述也颇为生动:有一个本地人讲得好,“个个是人,个个会讲话,个个要先走”。这活泼泼的广西官话与巴金的四川话同属一个语系,这也算是相宜巴金心意之处吧?同处西南,一方水土一方人嘛。

就这样,金城江终成为让巴金可以休息依靠的地方,因战乱而繁华当然也是时代的一种造化。因而巴金感谢他的朋友,几乎整个战乱时期,他都是辗转于友人与西南各城之间,并奇迹般地完成他一生重要的作品,一如在金城江,通过朋友的“一封介绍信去找一位办事人,他意外地替我买到一张最后的票子,并且叫人把行李给我过了磅,让我在候车处安心等着开车”,金城江人如此妥帖周到地安抚了他,使他此时得以安心候车,并静听战乱的纷飞,“人们正在谈论香港的悲剧,从装束、态度和口气,我知道他们是香港脱险出来的同胞。汽车中的血,沙发内的十万港币,舞女的巧计,门前的死尸……还有种种惊心动魄的题目。谈了又谈,谁也不嫌重复和详细。”受难的山河,受难的同胞,包括那对买不到车票天天到车站清唱维持生计的“清唱家”,如同他在《桂林的受难》那份悲愤与无奈。

感时花溅泪。他感谢使他能一个驿站一个驿站前行的道路与交通,感谢使他得以一路向前的修路工人,他告诉萧珊,也告诉我们:

今天傍晚,我去看了“丹池公路殉职工友纪念塔”,这不是什么伟大的雕刻,然而它抓住了我的心,它是伟大的牺牲精神的象征……明天我就要踏着你们的汗迹、血印往前走了。可是我又有什么报答你们呢?……不仅是我,许多经过这条公路的人,都应该拿这样的话问自己。

2017年暮春,我站在巴金当年的旅舍住地,遥想着揩着眼泪扪心自问的巴金,心中多出了不少温情。是的,人得以前行于一个个人生驿站,尘埃草芥般的生命才可能活出一种执着与平实、悲凉与欢欣。我想,正在重庆翘首以盼巴金的萧珊,心灵或精神认知的秘密“通关”,在这个瞬间肯定是与巴金契合的,一个在河池真切倾诉,另一个在重庆热切倾听,如同聆听雨打芭蕉般的命运知遇的回响——巴金毕竟能拿到车票,毕竟还有金城江与河池好心的车站工作人员。

佛家说所有的遇见都有他存在的原因,名胜之所以有名,常常因名人而名世,金城江也因与巴金相遇而增色,而传世。

于是，这家书真的就不是万金所能比拟的了，不仅对于萧珊，更对于文学与我们，对于河池金城江。相遇就这般实现和发生，巴金与金城江，传说了一代又一代。

2017年7月28日（桂林光复72年纪念日）于百花岭

（原载《广西日报》2017年8月8日）

文学批评三人行

与新世纪初的十年对文学批评此起彼伏的质疑不同，近年文学批评颇获赞誉，并显示出从内向外生长的新气象。其勃勃生机主要来自70后、80后青年批评家群体的成长成熟，其中时常被人提及的是80后杨庆祥、金理、黄平的三人行。三位青年才俊分别就职于中国人民大学、复旦大学与华东师范大学，不是同根生，却是同时长；虽各有师承，却相携同行。三人常常共同署名著文，或对话，或论述，或同会讨论，让我等老生疑似回到80年代文人相重、文学批评多对“双打”的黄金时代。于是，在业内，“80后三人谈”便成为文学批评界一件标志性的文学事件，其意义也许会日久弥深，眼前三人合集《以文学为志业——“80后学人”三人谈》，便不止于纪念和佳话了。

“以文学为志业”，不仅仅是明志，也是“三人谈”栏目首期话题,更是三人相生相应的底色和出发点。如果说在习博期间,庆祥与黄平就在导师程光炜教授带领下重返 80 年代的文学现场,实实在在地重读 80 年代的文学文本和文学事件是同门同道的缘分;那么,2009 年在常熟范小青研讨会上,庆祥与金理同居一室,两位作为《南方文坛》2008 年第 5、6 期的“今日批评家”彻夜长谈并相约同行,便是会心后的文学自觉了。他们不仅对自己文学研究事业怀着天职般的虔敬,视之为个人的生命意义与生活价值,更让人欣喜的是他们还富有平常心,他们不止一次与我谈到高校青年教师生活清苦,要自己过好它,但能从事自己喜爱与理想的职业已经是幸福了。关于职业与天职的关系,他们有着清醒的理性自觉。

最早见诸报刊的三人谈,是《“80 后”写作与“中国梦”(上下)》,发于《上海文学》2011 年第 6、7 期。同年 8 月,在《南方文坛》与中国现代文学馆、上海作协联合举办的第二届“今日批评家”论坛期间,我与三人达成共识:《南方文坛》2012 年开辟三人谈专栏,三人轮流主持。第 1 期开栏词杨庆祥如是解说:“张燕玲老师找到金理、黄平和我,希望我们能以对话的形式在《南方文坛》开一个‘80 后学者三人谈’专栏,发表对于当下中国文学和文学史的一些意见,张老师的意思,年轻学者,不能老做学生和听众,该发言了。至于我们想以‘学人’自称,不敢戴‘学者’之帽,张老师笑道:‘谦逊很好,但有“80 后”做前缀,再说这既是肯定也是期待。’经过仔细地商量,我们特别认同‘80 后’定语,首先当然是一种身份和代际的区隔,我们三人都生于 20 世纪 80 年代,有着这个‘代际’特有的一些观念和经验并自然投射到我们的研究中;其次更重要的是，我觉得这种区隔同时也是一个将个体‘历史化’的行为，个体只有把自己置于某一历史位置才更能理解自我和历史，因此，这种命名实际上是为后面的系列对话确定一个观察的角度和思考的定点。”

于是，三位80后学人的文学对话就从自我的阅读经验、文学趣味、知识型构谈起，追问在当下语境中以“文学为志业”的人生蕴藉和担当使命。在此基础上，对话由近及远，分别论述了“新世纪历史写作”“80年代文学”“社会主义文学”以及“现代文学传统”“未来文学备忘录”等系列话题。因为80后的特殊身份，他们还专门论述了“80后写作与当下中国”的种种话题，从历史与现实的角度全面剖析了80后写作的历史和趋向。“三人谈”不追求统一的批评标准，相反，它在尽可能的限度上展示了一代人面对共同话题时不同的价值观念和思想立场。在这个思路里，对话在当下与过去，批评与历史研究，个体经验和普遍知识之间找到了一些交接点，打开了问题，并引起文坛学界的广泛关注，在不同场合，我听到不少的赞誉。两年下来，“三人谈”被视作80后批评家登上文坛的标志性事件。

第一次见到安徽才子杨庆祥是2007年底，我们在桂林广西师大出版社图书藏品厅举办年度优秀论文颁奖会。在满室高及屋顶的书卷中，还是博士在读的庆祥谦逊平实，一副小鬼当家的模样。作为获奖者却反客为主，相助会务，稳健干练，真是个勤恳可信赖的小伙子。要命的是，从此六七年间我便不断“剥削”庆祥，《南方文坛》活动会务，纪要，网络事务，栏目主持，等等，他总是爽快应答，并按时按质按量完成，耗费了他不少智慧和时间。当今年代，如此尚德青年，难能可贵。

当然，他为文出色，曾获“娇子·未来大家”《人民文学》年度青年批评家等多种奖项。这首先得益于他导师光炜的引导和关爱，光炜兄还把这种爱心传递给我，以至于2006年至今，《南方文坛》和我便不断得益于他们“重返80年代”及近年“90年代”的系列研究，他的团队坚实地支持了我，其中庆祥和黄平便是突出者。庆祥的系列文章对80年代以来的一些作家、作品、期刊、思潮、事件，包括“偶像”进行反思与追问，并举一反三，以此探究80年代以来形成的意识形态和学术体制（包括复杂的文化权力和文化资本），努力厘清作家作品与时代、社会的复杂关系，实现了他的批评“祛魅”功能。近年更是活跃于文学现场，以有效的文学批评备受关注，我多次听到他在会上不畏权威的发言，独立内敛而不失锋芒，显示出前诗人的风骨。曾狂热写诗并获过“80后诗歌十年成就奖”的庆祥，会常常以诗人之心和诗歌之维写作与研讨，比如他获过的“南方最佳诗评人奖”，比如他关于欧阳江河的长诗《凤凰》的评论，就以多重维度间形成的矛盾张力揭示了长诗新的内涵，以强有力的角度进入强有力的作品文本，并构成有效对话，显示了庆祥出色的诗心思力，独有的干练有力而冷静稳健的文风，以及独特纯正的审美原则和历史洞察力。

他的成名作《路遥的自我意识和写作姿态——兼及1985年前后“文学场”的历史分析》（《南方文坛》2007年第6期），以第二名的高票获得了本刊“2007年度优秀论文奖”。有论者曾著文说，庆祥和上海一著名批评家同票,“在僵持中,著名批评家李敬泽说:庆祥此文深得我心。最终,杨庆祥成为该奖项历年来最年轻的获奖者”。以讹传讹了,庆祥是当时获奖最年轻者,但持续了13年的《南方文坛》年度奖,一直由编辑部初选若干篇目,提交评委独立审读终评并写出简短评语,以邮寄(包括电邮)投票方式评出6篇获奖论文,并以得票多少排序。同票,取年轻作者。评委敬泽兄在投庆祥文章票时,的确有“深得我心”之真言,高票的庆祥不存在僵持之说。同票事件,是指2010年度评奖时,庆祥师妹杨晓帆与著名评论家同票,编辑部取年轻的晓帆。这也是本刊促进新一代批评家成长的旨归。于是,“庆祥有了第一次坐飞机的机会”(程光炜在2013年5月“80后批评家研讨会”上如是说),我也有幸多了个得力助手。

2010年阳光灿烂的初夏,因参加《现代中文学刊》的学术会议,在虹桥机场见到前来接机的黄平,一声愉悦的轻呼和一脸的天真,我的疲劳顿消,没料到为《南方文坛》主持过两年新时期文学“作家访谈”专栏、写就一手雄辩文章的黄平,竟是如此阳光少年,而且待人接物,既有身为东北汉子的自然爽朗,也有南方人的细致周详。难怪陈子善先生不仅请他做兼职编辑,还要为他介绍女朋友。在《南方文坛》2011年第3期“今日批评家·黄平”专辑中,华东师大的倪文尖以书信的方式评述与褒奖后学黄平,亦师亦友,算是学界佳话。

以80年代以来的文学与文化现象的研究为起点,黄平比较集中于80年代文学、当代文学批评、80后文学与青年亚文化等领域的研究。他分别获得《当代作家评论》《南方文坛》年度奖的《“人”与“鬼”的纠葛——〈废都〉与八十年代“人的文学”》《从“劳动”到“奋斗”——“励志型”读法、改革文学与〈平凡的世界〉》《“大时代”与“小时代”——韩寒、郭敬明与“80后”写作》等佳文,令我们感受到他进行着一种通过“形势分析”抵达“历史分析”的尝试,他认为有效的批评,是以文学分析方式真切阐释“中国故事”。从路遥、贾平凹,到韩寒、郭敬明;从《今天》,到王朔、王小波、六六,乃至网络文学,他在做着重新建立“文学”与“历史”关联可能性的努力,尤其是打通自己的“专业”与自己“生活”的可能性,包括自己生活的时代与上海进行深度的学术对话,例如他的《〈蜗居〉、新人与中国梦》,以及新近发在《南方文坛》的《个体化与共同体危机——以80后作家上海想象为中心》《巨象在上海:甫跃辉论》便显示了他这种独特的重返历史现场的方式,并寓同情理解于审度中。这种深入时代与生活的学术姿态,也许与黄平丝丝入扣的文本细读有关,与他声情并茂的滔滔雄辩有关,与他课堂上爆棚的人气有关,或许还与他热爱生活有关,与他身上的人间烟火和厨艺有关,也许……“小小少年”不仅有了真正的学人功力,还有高于同龄人的生活能力,令人欢喜。我素来认为精学问、能工作、会生活、有才情是人生高妙之境,尤其对于知识女性,而辽宁青年黄平却也能抵达,实属不易。

如果说庆祥的通达令我亲切,黄平的朗健给人阳光的话,金理的沉实则让人心静。印象最深的是2010年11月我们同行越南,颁完年度奖后评委与获奖者且行且聊,会心之下,颇为开心。而两位年轻的获奖者——在读博士金理与杨晓帆,金童玉女,虽一静一动,却也谦谦然,颇为养眼。也有豪迈的评委大家对金理时而的静默和拘谨有所质疑。分别不久,便收到金理的来信,方知金理心中之痛。两月前,他刚痛失父亲。他痛恨自己对父亲突发重症一无所知,“等我赶到病床前,陪了不到十分钟,我父亲就被推进重症监护病房,自此父子分别……父亲17岁的时候离开上海去江西插队,最后就是我和母亲扶着他的灵柩回沪,辛苦一生就这样走了,天地不仁”;他痛恨自己求学的时间太长,父亲退休还没返沪,自己“至今还没工作,连孝敬父亲的机会都没有”;他痛恨自己一点准备都没有,不幸临身,“才发现没有任何经验可以抵御这种伤痛,真的一无可恃”。他感谢《南方文坛》“给了我机会和生活世界恢复基本的关联,能态度积极一点带着母亲走出阴影”。长叹中,我立即电告那有些误解的大家,金理是因家有大事而略显缄默。两年后,有幸见到金妈妈和他的新娘,已是蔼蔼然充满爱心暖意的日常生活,欣然中,便以为寻到金理明亮双眼深处的光源,找到他沉静笃实文字的根须了。

三人中,出道最早的是金理:大三时,他的处女作《繁复的表意空间》,就经老师张新颖推荐发在《上海文学》2002年第12期。之后,主笔《文汇报》中短篇小说评议专栏“期刊连线”,在《小说评论》开“小说的面影”专栏等。我一直欣赏金理从小处为切口,并渐次撕开扩大的入笔方式。对于性灵笔慧并潜心研习的金理,新颖君曾向我描述过“老师与学生共处而成长”的感受,令我感动并羡慕金理有福,前有才情兼备的张新颖师,后有一代大家陈思和师相携,难怪金理能在闹中自静,沉潜研习。也是新颖兄推荐并主笔,2008年第6期《南方文坛》做了“今日批评家·金理”专辑,近十年,金理以不断的文章获“第六届华语文学传媒大奖·2007年度最具潜力新人”提名。获《当代作家评论》《南方文坛》年度优秀论文奖。去年,还在《人民文学》《南方文坛》的年度青年峰会上,独获“2012年度青年批评家”。我草拟的授奖词如下:金理以丰富的学养、通达雅正的文风以及文史互证的研究方法,翘楚于“80后”批评家群落。2012年度,他对现代文脉的接续,对当代文学的时代冲突和精神困顿,对“80后”写作的变局,都有深度的思考和洞见。他精细条理的人文阐释,学术感觉敏锐,论述清通畅达;他以专注的目光、个性的发现、独立的专业精神,显示了青年批评家开阔明晰的学术视野与独特沉实的学术潜力。

近年,再见金理,沉静依然,却时有歌声低低传来。是的,到复旦历史系做博士后研究,追求沟通文史哲、现代与当下,行文有出处的严谨的金理,走过了冬日,虽还慢条斯理,却已踏歌而行了,真好!

全媒时代,批评何为?浮躁喧嚣中,三人相携,竟不同程度地找到了自己的“问题意识”,共同追求着一种具有历史性与文学性的批评;而且,深入文学现场,都入选中国现代文学馆客座研究员,三人同曲共鸣,彼此欣赏,当下文坛,真的是难得几回闻。便想,正是春风得意时,三才俊是否对褒奖有足够的警觉?是否对漂浮的欲望和诱惑有足够的守持?是否对名利的加减与进退有足够的明察?是否对“志业”有足够的沉静和耐心?古人说“辨材须得七年期”,人与树的成长亦然,成长是一辈子的事情。想起庆祥“三人谈·发栏词"的自白："我们和前辈一样，都不过是'历史的中间物'，或者说不过是一座'桥'，来路茫茫，去路滔滔。对我们来说，文学既是起源也是终结：它是我们赖以理解时代、历史和自我最合适的支撑点，最终也是我们个体生命得以展开丰富的形式。"

如此看来，我的忧虑只能算共勉了，因为他们有"历史中间物"的理性自觉，便会在文学之路上清醒而坚实行走。记下这些文字，不仅是不辜负三位才俊的信任，也是一种以他们为师为友的学习机会，一种对三人行的致敬和祝福。

（原载《文艺报》2014 年 4 月 1 日）

本　色

检阅近五年的文论与言论，几乎令我失去信心，体现批评本色的文章其实不多，便退而求其次，删除一些应景应时之作，选择批评精神有所相应和贯穿的文论，并延伸几篇前些年的文章，便有了《批评的本色》这个集子。出集子的事，出版社这两三年催问过多次。我一直犹豫着，一是有“新三联”之称的广西师范大学出版社，已经给予《南方文坛》太多的支持，个人便羞于麻烦了。二来编《南方文坛》，读多了，眼高手低，写，便有了难度；编集子，更需要勇气。

《南方文坛》开了十年的“今日批评家”栏目，推介近60名其时正在崛起的文学批评家，媒体称之“催生了中国新生代批评家的成长与成熟”，其实，成长是个人的事，杂志和别的人事是锦上添花，是外因。真正受益的其实是杂志，因为这些批评新锐撑起了《南方文坛》前沿批评的理念、率真雅实的本色批评，尤其还促进了我个人的精神成长，我为此心怀感激。这些批评新锐，既有对转型社会与生活的洞察，又有放眼望洋的蹈厉，更有书斋里的沉潜，以及深得文理、剖情析采的文章，正是他们令我穿越了喧哗浮躁甚至是“恶搞”的文化泡沫，触摸到富于批评精神与专业立场、心性才情与率真雅实的文学批评，这种本色的批评，便成了杂志与我个人批评文风的追求。

本色的批评，既是自省也是自期。

回望来路，写了近30年。1980年学习写评论，1987年1月先是兼作《广西文学》理论编辑，10月参与创刊《南方文坛》，便做编辑至今，兼写评论，从不间断。编辑与批评，这是当下许多批评家走的文学之路。我说过，作评论写散文做杂志，似乎没有多少成色。唯一可以欣慰的是自己认真做了这些切实的事情，我企望能从中清理出一条自己的明晰而可靠的道路，把文学带回语言和心灵的居所。

而今，寻找真正属于语言和心灵的文学几成难度，而进行有难度的文艺创作更是罕见，这体现于各种文体与文艺的各个门类，便有了本书第一部分的文字；又缘于《南方文坛》杂志对文坛新生力量的关注，与我交相融会，便有了第二部分的群体与现象论；余下的是一个人的个案阅读，或工作或心动留下的文字。收束于此，深感不安。我明白自己才智平平，又缺学养，精神探索虽不止步却是步履蹒跚，但愿这些粗浅的文字不止于慰藉自己，求教于方家读者，还有益文学，哪怕点点滴滴。

白驹过隙，突然就人到中年。生活在变，我们自己也在变，甚至友谊情感也在发生变化。在向生活问学的过程中,寻找生活的本色,及至批评的本色,灰色的世界便会明亮宽阔、清远静好,有了绿意的人生便得以前行。

今日大暑,内心依然清静如水。感谢上苍给予我这许许多多,还包括本书得以与您相见。

(此文系《批评的本色》后记,广西师范大学出版社2009年12月版,《文学自由谈》2010年第2期)

《金蔷薇》在哪里

曾经影响过中国当代文学批评的《金蔷薇》,除了赋予我们一种全新的感性的批评文体和方式之外,康·巴乌斯托夫斯基还谦逊地表达了批评的功能:“如果我能够使读者对作家劳动的绝妙的实质得到些微的概念,即便是一点也好,我便以为我算完成了对文学的义务了。”然而,无论是从巴乌斯托夫斯基所述的传奇事件角度,还是从与创作过程相似的譬喻意义而言,当下我们的创作和批评恐怕已少有像沙梅那样怀着一腔坚韧的爱与理想去寻觅、积攒、打造自己的文学的“金蔷薇”了,尤其文学批评。

因为批评变得困难起来了,或者说,批评在许多批评家那里没有了难度。

批评难度的降低或消失的原因很多,除了市场化和媒体炒作的催化、发表没有了门槛、批评与创作成了制造等因素外,现在的批评家常常丧失了进行有难度批评的能力，难以面对批评对象说出自己的阅读感受，发出自己的真实的声音，张扬自己的专业立场和批评精神。于是，对批评的批评形成了一种强大的声音，“批评缺席”“批评堕落”“酷评”“炒作”此起彼伏。我也承认这种批评的真实度，但身在其中，我更欣喜地看到批评家中的“沙梅”，看到不同以往的变化景象。过去批评家大多从客观和外部寻找文学和批评的问题，而2006年度许多文学评论家则表现出色，他们从深切的阅读体验出发，对2006年文化的泡沫化及正在发生的文学生活践行着评论家的专业立场和批评精神。2006年是文学的多事之年，但也是文学批评家们纷纷站出来发声的一年。这一年里，像雷达、李敬泽、谢有顺以及郜元宝、邵燕君、李建军等在2006年及时地从文学内部去理解并寻找原因，各自提出不少发人深省的看法，发出非常有专业精神的声音。比如雷达对当前文学症候的问诊，郜元宝对学界泡沫化的批评，李敬泽阐发小说不死的三大理由，谢有顺呼唤小说的灵魂叙事，洪治纲对先锋文学精神内核的阐析，李静因钟情木心而对当代华美丰赡美学缺失的批评，邵燕君对文学作品的月月直言，朱大可新锐的文化批评，等等，都引起了广泛的关注和争论。

这正是批评家超越自我的挑战，因为他们明白回到文学批评本身才是真正的文学批评。文学批评就是对于“文学”的“批评”，文学最基本的元素就是作家、作品，没有对于作家、作品的关注，没有以“同情之理解”与批评对象对话，批评也就无从谈起，这也是“文学”之所以为“文学”的价值根基。是的，批评也是一种对话，是一种批评之心与文本之心的交流。文章与做人一样,并非只有对错之分,我们不能自我独断,要以“同情之理解”不断发现评论对象的好,用心与之对话,换个角度,自我的界限便扩大,便能最大限度理解对象。而且,对话能超越自我和世事,同时也使有限的自我心灵分享世界的无限。其实,每个心灵都有阔大的可能。

因此,作为评论者,首先必须与文本对话。当代文学每个阶段都有一些为同时代作品,尤其青年作家的作品挑灯夜读的优秀评论家,如冯牧之后的李陀,李陀之后的李敬泽等。也许他们都没有影响巨大的新理论,但他们对作品的热诚和对青年人的不吝,影响了一代青年文学。我敬重这些一切从细节从个案入手的批评家,也为此,我一直敬佩北大当代最新作品点评论坛的工作,邵燕君带领研究生逐期点评主流文学名刊的最新文学作品,这件事对当下的中国文学非常有意义,从文本阅读开始,从基础做起,颇具难度却坚实而纯粹。现在好作品太少,而发表量又空前的大,因为发表的门槛降低了,写作难度近于消失。大浪淘沙式的阅读苦不堪言,阅读遭遇前所未有的困难。在这个意义上,从文本出发的冯牧、李陀、李敬泽以及北大的师生们犹如沙梅,同样怀着一腔坚韧的爱与理想去寻觅、积攒、打造着文学的“金蔷薇”,弥足珍贵。

批评的难度还在于,批评家在与文本对话的同时,已很难埋头做踏实的研究工作,已很难把作品读透而发为批评文字了。因为,今天中国的批评家与作家关系大多很近,我也常常体会到在友情和文本之间行走的尴尬和疲惫。当然,渺小的我不可能脱俗,但我愈来愈强烈地希望自己的每一篇评论都能说出自己真实的想法,并经得起读者的质疑。我们明白这一立场坚守的难度，但批评家要批评的毕竟是写作者的文字而非他本人。如果批评家与写作者距离太近，不免掺进个人感情因素而影响评论的尺度，影响到批评的本义。只有把自己深切的艺术感觉放在批评的首位，我们就能犹如水流的方向一样执着，从而尽可能摆脱身上的俗念，避开非文学因素，如水行山谷，绕过弯道，直奔大川，做到真正的无为而无不为。这才是有生命力的批评，也是一种与自我对话的难度。

这种难度在于从文本出发，又忠实于文本的细读和基本的学理，不依赖于公众舆论和个人的私情。如今，不少批评家受到自己趣味、私情或恩怨的蒙蔽，不认真地去研读文本，便四处发表自己的宏论、赞语或“直言”，甚至“恶搞”，四处质疑别人的创造性劳动，无疑，这严重损害了批评应有的尊严和声誉。我们也不否认批评家们站在文学的第一现场对文本进行阐释和判断时，常常会出现不同的声音，出现这样和那样的差异。这种丰富的差异性，不仅表明了一部作品存在的多重意义，同时也折射了批评者各自的解读方法和解读能力。这种审美的差异性，在我的编辑生涯和一些评奖活动中，尤其显见。同一部作品，只要真的阅读了，就极少能相互影响的，个人的评价真可谓智者见智，仁者见仁，甚至泾渭分明。不明就里的外界，常常会发出“黑箱操作”之类的妄语。一方面，这大多是一些媒体为语出惊人而想当然了；另一方面，也向批评家提出对审美能力、专业立场和批评精神更高更新的要求，即批评家在用心去与批评对象对话的同时，也要直面自我，尊重自我，与自我对话，才可能保有自己的立场。

是的，立场比学识更重要。因为，一个批评家的思想、勇气、智慧甚至人格魅力，只有紧系于他的艺术立场之上，方能给人以真正的启发。这也是批评的主体性和超越性，而且这种主体性是建立在对文学尊重和深入认知的基础上的，这种相对恒定的艺术立场，意味着批评家的诚实。这种对批评专业和批评对象的忠诚，在文学批评大规模地丧失立场的当下日益重要。

正如韦勒克和沃伦在著名的《文学理论》中所指出的，文学批评应该是文学不可缺少的一部分，它直接关系着时代文学的发展状况。所以，当一个批评家从事批评工作的时候，他所需要遵循的首要原则是文学的原则——作为人类心灵世界的产物，文学绝对有自己独立的原则和评价标准。

在独立的原则和评价标准下，对阅读的思想和表达，标志着各自的专业精神和专业品格。我们在以同情之理解与批评对象对话时，能否发出作为阅读者和批评者自己的真实的声音，能否以坚韧的爱与理想造就自己的"金蔷薇"，这是今天批评的难度。

（原载《羊城晚报》2008 年 1 月 18 日）

孩子的，也是成人的

——兼议儿童文学创作的难度

湛蓝的天空，洁白的云朵，院子里大树环绕，摇曳的秋千架上是8岁男孩布鲁诺的欢笑，这是盛夏的乡村，也似乎是理想的乐园，但却也是各种惨无人道的屠杀和人体实验的罪恶发生地。

出身于德国军人世家的布鲁诺，随着父亲工作调动，从柏林迁往波兰纳粹集中营（大人告诉他：不远处有穿条纹衣服的人的地方是农场）。除了荡秋千外，经常独自待在斗室里的小布鲁诺自然孤独、忧伤无比，儿童固有的好奇心和探险精神使他不顾大人们的警告，偷偷去发掘男孩子的新世界，最终在“农场”铁丝网边邂逅同样8岁的穿布条纹衣服的犹太小男孩希姆尔，并成了好朋友。布鲁诺每天都冒险来与新朋友见面，或带吃的或隔着铁丝网下棋、踢球、游戏，虽然每次都因希姆尔被铁丝网内哨声的召唤离去而匆匆结束，但两人的友谊给了这两个不同原因却同样孤独的孩子极大的欢乐和抚慰，直至布鲁诺母亲发现了集中营的罪恶，决意要带他远去。布鲁诺却害怕再也见不到新朋友了，绝望中，他听说在“农场”里继希姆尔的母亲姐姐“失踪”之后，希姆尔的父亲又“失踪”三天了，他决定要帮助希姆尔找回突然“失踪”的父亲之后再走。稚气的布鲁诺穿上希姆尔带来的条纹衣服，他从铁丝网下挖出的浅洞爬进了集中营。无情的命运与小男孩布鲁诺开了个天大的玩笑，在他母亲呼唤他离去的喊叫声中，在铺天盖地的暴雨声中，纳粹分子又将大批犹太人赶进毒气室。天真的布鲁诺和希姆尔手牵着手行进在队列中，一无所知走向了死亡，至死都以为这是他俩的游戏。这对未泯童心的温情、悲情想象的点睛之笔——两个孩子在不知不觉中走向了死亡陷阱，他们紧握在一起的温暖小手并未能挣脱死亡的魔爪。这令人难以承受其轻的结尾，顿时把故事推到了一个撼人心魄的新高度，其叙述的穿透力，开拓着阔大的内力，令人重新审视战争的悲剧性，审视那些杀戮和令人难以直视的鲜血。这是隐忍的力量，也是作者超强的沉静叙说能力的有力体现。

“战争”远在天边而又近在咫尺。孩子的故事，更是成人的故事。

《穿条纹衣服的男孩》，这是我近日偶然看到的影片。这个温情讲述的悲情友谊的故事，令我许多天都走不出那个童心四溢的温情与悲情激烈反差的想象，走不出战争那些残酷屠杀和令人难以直面的灾难，走不出许多以儿童视域审视战争的相关作品，尤其是二战的作品，诸如早些年的《美丽人生》，近年《追风筝的人》《芒果街上的小屋》《朗读者》《无家可归的中学生》……它们悲凉地在眼前一一掠过，如影相随，郁结于胸。我不得不承认，这部根据爱尔兰作家约翰·伯恩的同名小说改编的电影，与上述系列透过孩子视角叙述战争的作品一样，是一部令人动心动容的优秀之作，它纯正、沉静的儿童本位叙事，它惊天动地的惨烈，它博大的悲悯情怀，既是孩子的，也是成人的。

《长袜子皮皮》的作者林德格伦认为"童心与童真"是儿童文学的核心，无论长幼，超越年龄，其中童心童真显现的智慧、灵性和精神气质，便是儿童文学的经典品格与现代精神。一如《穿条纹衣服的男孩》，约翰·伯恩对"儿童"的深切理解，使作者得以以"童年"视角沉静地洞察战争对弱势群体——儿童的最为残忍的戕害。故事以复线叙述，一边是两个天真烂漫的男孩世界，虽然潜隐于文本深处的叙述者是成人，但作者始终守住忠实于儿童本性的写作底线，绝无我们常见的"成人腔"，而是真切可触、笑容可掬的童心童真；一边是明明白白的残酷的成人世界。两者相生相应相反相成，在那异常的孩子气的反观下，更凸显成人世界或说现实的残酷——纳粹残害犹太人的同时，也无意杀害了自己的孩子，作者在童心未泯的想象中，试图以童心抗拒杀戮，消除战争，体现了博大而悲悯的人道主义情怀。这部优秀的儿童文学作品，两个纯真、懵懂的小男孩无猜的情谊无疑是最温暖最令人感动的意象。在这个悲情的故事中，还隐含着布鲁诺对友谊、忠诚、同情、自由、正义等等精神成长关键词的认识，他与他母亲的择善而生，其中显现的智慧、灵性和精神气质，显示了儿童文学的经典品格与现代精神，它超越年龄与地域，在世界范围内获得认同。可见，好的儿童文学作品既是孩子的，也是成人的；它的艺术品质，不仅具有阅读快感，更有阅读记忆，而且这份记忆会影响读者许久许久，乃至一辈子。

想起十几年前读曹文轩的《草房子》，桑桑成长的疼痛，曾引领着无数成年人回望各自的来路与童年的记忆，那唯美的雅实的生动至今还能若隐若现地令人感知。可见，有"童心与童真"的儿童文学，也属于成人。而有"童心与童真"的成人文学，同样也属于儿童。都说高三的春节前后是最难熬的，考期将至未至的，弄得一个个孩子家长焦虑万状。去年彼时，我女儿也被逼得了无生趣，直嚷嚷："妈妈，给本课外书救命啊！我快受不了啦。"我随手递去韩少功的《山南水北》。她居然带到学校，课间不时读上几则，一个人咯咯笑个不停。夜深回家，还挑些段落给我们朗读，说要去八溪峒，"扑进画框"里，看"韩爹"，听"遍地应答"。全家不时为这本遍地应答的亲历者的书会心大笑，一时，焦虑远去。韩少功听说后，笑道："我以后多写这种少儿文学！"可见，童心未泯、灵魂真切的优秀的成人文学，也是孩子的，它超越年龄。

然而，具有这样的"童心童真"的经典性作品，在今天还是稀少了些，尤其我国儿童文学的书写在心态和气质上先天不足，与国外的同类作品存在相当大的差距。我们有太多的伪"童心童真"、反自然天真或"成人腔"，弯下腰与孩子说话，或捏着嗓子学孩子说话成了常态。我们缺少林德格伦、约翰·伯恩式的对儿童的尊重和自然平视，缺少他们纯正、沉静的儿童本位叙述，这也算是我们儿童文学创作与批评的难度之一吧。

（原载《羊城晚报》2009 年 5 月 30 日）

玫瑰花开

——广西女作家札记

那天生日,门开处,是年年各异的惊喜,先生捧回满怀的玫瑰,40朵,大红超玫。门,轻轻合上,便关住了满室浮动的幽香,沐浴着迷蒙的温暖,微笑,动心动容,然后安详。

突然想起,许多年前的生日,自己在惊喜中的疯狂,怎么如今就如此平和了?40年春风秋雨,树老了,人乏了,会少了疯劲儿少了奋争,更少了怨恨。想想吧,那个本该用于铺陈一个创造性画面的冲动,被抑制下来了,30岁以前那一个个赞赏就能带来的幻境遐思早已远去,回报热切目光和赞赏热语的唯有微笑,滚烫的血冷却了,不再做无边的奇想。庸常地守在明媚下午的花格子桌布旁,泡杯绿茶或煮上咖啡,品啜着家庭的日子,温馨无限,宽厚无边。你相信坦诚与谅解,相信人类能够彼此沟通彼此谅解。尽管其中有30岁时无法忍受的无奈和妥协,但你内心清明而坚强。直面现实,当然有惨淡，却护住了宁和安详。美丽和幸福由此开始了，宽容中，亮色和爱意弥漫生活，我越来越喜欢这样。

当然，我也会怀想30岁女小资们的情调，犹如案头这摞映川、黄咏梅、凌洁、纪尘的小说中蓬勃的情绪。该以怎样的眼光去解读这些艺术女性呢？她们是女人，她们是不一样的女人，因为她们是缪斯。她们喜欢独自一人就着午后的阳光，记下30岁女性的挣扎、渴慕、混乱和坚强。作品里30岁女人是她们，是你们，也是曾经的我们，是真实生活的女人们。她们记下了女人的成长。她们感性，忧伤，脆弱，而且坚韧；她们灵性智慧，因此她们光彩照人。40岁以后，她们也会如我记下倦怠、宁和、安详，自然还会光彩照人。

女性的美丽早已不仅仅止于容貌，也不仅止于女性的权利，更在于怎样超越年龄，焕发青春。无论处于哪个年龄段，女性都应该光彩照人。

这是女性新的希望。

希望玫瑰永远盛开。

玫瑰花开了，这是广西文坛从未有过的美丽。我们把目光穿越广西几代作家，突然就发现从来没有像今天这样呼啦啦地就出来了这么一群有相似年龄、起点、成绩、潜力的女性写作者，她们便是70后的映川、黄咏梅、贺晓晴、凌洁、纪尘、蓝薇薇等等，而且大多为广西签约作家。这群30岁上下的女性有实力，对文学有着深长的理解和追求。她们具有良好的学养，都经过高等学府的规范教育，其中黄咏梅、映川还是文学硕士。这个群体艺术起点高，有写作天赋，一写就写出来了。她们的处女作都是分别发表在《花城》《作家》《上海文学》《北京文学》《钟山》等国内名刊上，有的还被《小说选刊》选载。她们的创作既融汇中国当下女性写作的共性，又有各自的艺术特质。

映川作品《非典型性生活》里的两个家庭：一个热爱生命到可以不顾及工作和其他的家庭；另一个家庭两地分居却彼此思念，彼此控制，彼此折磨，那种不断爱恋不断伤害似曾相识，人世的爱情从来就是爱恋和伤害的混合体。两个家庭由两件物体“手机”和“宠物”相交结构成一种“非典型性的生活”。似乎毫不相关的事情就这样相互关联着，于是，映川的故事就自然而然地铺陈开来了。

两个家庭，三个年近30岁的女人。小水面对“非典”洪水大无畏地一丝不苟地抵御着，她的家用醋一天一熏，她是全城最早戴口罩的人，为此不惜丢掉了卖手机的生计。她敏感而率性，时尚而坚守自我。相形之下，波波自私世故多了，她一心只想不耽误自己国外的前程，又能占有和利用丈夫花族的感情，不尽地算计就是不尽的软刀子，温柔地切割着花族的时时刻刻，透着寒光和冷意。年轻的放风筝的护士，遵循着生命的感受，以为寻找到真爱，不管不顾爱着花族，殊不知她送给花族的同款手机可以丢失，风筝更是可以随时放飞，本来就稀罕的牵连从此断开，似乎一切从未发生，白茫茫一片，真干净。是什么东西致使爱情变态？是什么东西致使这两个家庭生活“非典”？又是什么东西致使作者写在此刻——2003年春季中国的“非典”灾难？映川一路追问，引发我们与她一同思索。

映川的小说一直都是质地凌厉而富于骨感的，你看她的《只爱陌生人》《逃跑的鞋子》《爱情侏罗纪》《做只鸟吧》《干花》等，连小说的题目都透着冷峻，这在年轻女作家中难能可贵。这种可贵还在于她较少自恋的影子，较少私人化写作那种鲜明的自恋幽闭，也较少感伤与唯美，更没有迷失在个人的小世界中，而是直面现实，对世事的把握和描绘老到坚实，甚至还散发出一抹沧桑。小小年纪就开始显现如此的气象，令人惊喜。她的作品所塑造的新女性形象，大多是些血肉丰满并有深度的艺术形象——时尚但坚守自我，显示了作者对女性命运的深度关切和人文关怀，而且小说常常寓意深刻，直击现实。在她对生活描述的广阔性和对人性的揭示上，她原生态的富于节奏的语言以及新作中对结构艺术的新探索，都显示了她对传统小说现代性的张扬。

映川是不急不缓的，像一条河流沿着冷寂的青山，绕过无数的风雨如晦的弯道、险滩，还有风平浪静的树木、小溪，湍湍流向大川。

2003年的春天，并非只有残酷的“非典”，对于广西女作家还是有喜事的。花城出版社将推出“拍拖”长篇小说书丛，六本中就有广西两本，映川的《女的江湖》和身为《羊城晚报》编辑的黄咏梅的《一本正经》。黄咏梅这位广西文坛当年的少年诗人，当年最年轻的广西作协会员，十几岁就出版有《寻找青鸟》《少女的憧憬》两本诗集。如今，她抒情的诗笔已转换为有力量的都市叙事了，纯正的文学品质终成文学正果，她成功突围了“少年天才”的捧杀。因为我们的时代造就了太多少年作家、少年画家等等，他们几乎都因捧杀而难成正果。颇有意味的是，同为广西师范大学研究生出身的师姐妹，黄咏梅与杨映川的小说有着异曲同工的审美价值，甚至她们小说发表的刊物都相似。她们艺术个性各有不同,但却有相近的起点和经历、相形的成果、相应的前景,这大约源于她俩艺术探索和追求的理性自觉,令人欣喜。

黄咏梅的创作也较少自恋的影子,多以客观而冷静的自我观察取胜,只是映川的笔力冷峻些,而咏梅内心还燃烧着热情,字里行间还多多少少散发着少女诗人的诗心,这是人性的暖意。直到近日的《对折》才趋于冷静和节制而且更为丰富与无奈,《对折》是30 岁女人的叹息。咏梅写的女性总是在都市的压力下有所改变,有所失落,但追求不断,永远在路上。路上的女人,会有一些迷失,但她们从不放弃寻找。《路过春天》(《花城》2002 年第 2 期)便想《将爱传出去》(《钟山》2002 年第 4 期),可仍然梦碎,只能生活在传统与时尚的夹缝中,打个《对折》(《红豆》2003 年第 4 期)。这是所有 30 岁知识女性的状态,她说这是"一种无力挽回的遗失和一种陌生拾到的惶惑",无比惆怅。然而,她还要坚持。

"坚持不是'坚持就是胜利'的坚持,坚持是一种持续的重复的创新的受虐的享受"(黄咏梅《写作也不苦了》),这何尝不是广西青年女作家与文学的"经典关系"?

凌洁也是对文学艰苦卓绝"坚持"的"这一个"。为了文学,她放逐自己,从身体到灵魂,她流浪京城,她一直"在路上"。重返故里,她的灵魂已是千疮百孔了。还是一个午后,她觉得自己永远回不到家了,绝望中她只想不归,一任死亡的气息腐蚀她被掏空的躯壳。那天,我办公室的窗外,艳阳如血,血色黄昏瞬间就吞食了我的叹息,我真想劝她不要为了文学而文学,回到日常。我们渺小如草芥，何况又是女人，路上并不是女人的归宿，在路上的女人，没有家，也没有安全感呵。我一边唤来纪尘陪伴她，一边安排她的住宿。激情的凌洁自然有倔强的生命力，一如她的创作同样富于激情和活力，她不仅直击现实，还勇于对形象的撕毁和重建。她的短篇《幸福的嫁衣》(原载《北京文学》)、中篇《怀念父亲》(原载《小说界》)连续被《小说选刊》选载。本期的《生命花》较之她的一些作品如《我欲乘风归去》等，则少了浮躁，而有些许婉约，些许倔强，还有些许平实。她细心地耐心地倾诉着老汉痛失老伴的一天心境，哀痛如地火隐隐焚烧着。一天里所有对生离死别的体味，连同人生的那份深情和对生命对家园的守望，一泻而来。它是故事的，又是内心的，她居然把故事浸透在对爱和生命宗教般的情绪之中，温情而母性(尽管小说的主人公是老头子和小男孩)。她如实记下她的生命体验和飞扬的想象，文字质朴而真切。可惜她没写那箫声，老头子以之为生为骄傲的勾人心魄的箫声，否则《生命花》会开得更为凄美动人。

路上对于 30 岁的女人，总是潜伏着想要或不想要的奇遇，尤其对于有着典型女小资模样的纪尘。婀娜的身姿，一头栗色长发烫得鬈曲飞扬，仪容、气质、衣着均具备明星效果。

那天，在路上，几个少男少女热切地拦住她，要请“莫文蔚姐姐签名”。当然，她比莫文蔚更有才情，因而更可人。莫文蔚唱的是杜拉斯的《广岛之恋》，纪尘书写的是《爱情故事》。它们同样是抒写 30 岁女人的爱情，同样梦幻、凄美。虽然纪尘远不如杜拉斯有力量，但她同样让人领略了她叙述的快感及其令人窒息的疯狂。

这是一个不平等的爱情故事，这是一段致命的激情。27 岁独自疗伤的女人“她”，自闭而且麻木着，而电话里男人的“声音”一天天唤醒了“她”，沉睡后醒来的力量，在 30 岁女人身上是惊人的，“她”内心再度燃烧起火焰般的爱情，爱得那么纯粹，那么专注，“她”不把世俗庸众放在眼里，不管不顾地走向自己的梦境。然而，男人却步步为营，从来只现“声音”而不现“形象”，一次次约“她”却一次次失约，并沉醉于自己设计圈套的快意中，一如既往他把一个个纯净女孩诱入一个个迷圈中直至逼疯。男人老练阴鸷，残酷地折磨着被虚假的爱恋迷惑的“她”，直至“她”大梦初醒。“她”没有成全男人一手制造女疯子的快感，她灵魂出窍，并与那个夜夜歌唱爱情的女疯子合为一体了，尔后彻悟，于是，“她”逃离了男人，寻找回迷失的自我，也放逐了高高在上的男人；是的，人格上的不平等根本与爱无缘，孤独始终是人的本质。此时，“她”的灵魂已是伤痕累累，却终于刚强成熟自信了。然而，“她”的身后，还不断传来女疯子的呼喊：“好心人，快把月光射下来，我要你爱，好心人这样的爱也算是爱……”这样的爱真的算爱吗？

悲凉不期而至。

《爱情故事》技艺平平，却动人，我们由此听到一个女人内心的哭喊。在这里，我们终于触摸到纪尘小说绵软中的硬度。她过去的小说有些轻浅，有些自恋自闭，大多远离现实，犹如流行的现代小说一样轻情节、轻人物，但文字婉约，唯美伤感。如今，还是那份敏感和凄美，但却有了一种内在的力量和心灵的质量，她已经不止于沉迷单个的女性生命，而放笔去展示同代女性生活的深层景观，初步显示了她的理性自觉。今年,成长着的纪尘还有几个新作面世呢。

这真的是一群不一样的女性,她们挣扎在生活的深处,然后平静,再挣扎再平静,并以性灵记下这些生命的痛苦和快乐。"尽管绝望,仍然守望",这是女性作家们的坚定姿态,超越年龄,超越种族,超越地域。

女性生命的玫瑰由此盛开。

(原载《红豆》2003 年第 5 期)

血水赤婴

从友人手里接过一本《农妇随笔选》(湖南文艺出版社)便下乡去了。不想,这本书竟让我钟爱万分,居然破了我好书一径读完为快的习惯,而整整读了两个月——我实在不愿于白天的喧闹中去惊动这本至真至性的书。

于是,我选择每天临睡前的几十分钟,靠在床上,连同乡下的春夜,更深气凉,风声不断,斜雨入门,青翠含窗,一同走进农妇(本名孙淡宁)耕耘的心田里。这方寸之地虽遍及世界各地,而且都是极欧化的环境,但却在农妇对农村生活的真切向往中,散发出浓郁的中华泥土的气息,朴拙、清新、灵动、空旷。于是,一种很清纯的感觉使我心胸如洗、积垢尽除,清清爽爽地就跟着农妇去种瓜种豆、去看景看人了,直至深深睡去——那是我从未有过的好觉。清晨醒来便觉得长了些精神了,可心极了。选本的文章都很短,大都是农妇谈她生活中的琐事，和她对人与事的观感体悟，然而，农妇却写得娓娓动人、坦坦荡荡、纯纯粹粹，处处示人以本色，处处散发着浓厚的人情味，处处挺立着一身傲骨一味率真。什么叫赤子之心？什么是人的本色？农妇正是一种现身说法，她以自己淡泊名利却又刚正不阿的为人和平实自然的为文，让人感悟到世上最可贵的是人的性灵和童心，她真真切切地张扬着一份自家本色。难能朴素难能可贵。难能受到青年人的爱戴。是的，母亲血水里出生的赤婴，总归要用他的啼哭来呐喊生命，呐喊新生的。这鸿蒙初辟的人的本色谁人不珍视？大约，这便是在欧美各地，有中文书的地方，就有农妇的书的主要缘故吧。

农妇，曾有着她那代人的坎坷和丰富。抗战末期，大学毕业立即从军投入抗日作战的行列。那颗热烘烘的赤子之心连同腰部的枪伤都深深地影响了她的一生。从此，这位湘女在海外奋斗近四十年，却从未低下一颗中国人的头颅。这份深沉的民族情感已成为她人和文的经络了。哪怕是在吃食不可心时，也是因为“这不是自己的故乡”，而偶尔有条件自制家乡小菜，一家便欢喜异常“尝到了故乡风味”。是的，她参透了人情世故，然而，却没有许多中老年人的世故、精明和机巧。她淡泊宁静却又刚气可见。她可以“晨间和扫落叶老人喝咖啡，同天下午和国家元首饮酒”，她可以拒绝高层人物的豪华款待，却乐于坐在陋巷里与老乞丐或流浪青年喝米酒欢谈。她的生活中挤满了青年人（有追求有成就的青年人），无论她在哪里——欧洲、美洲，还是香港、台湾。她称这些青年为“人家的孩子”“愣小子”“傻小子”（称自己儿子为“癞痢头儿子”）。她于善良自强的青年是慈母严师，如《布拉格小子》《孩子，珍重》《可怜你们这一代》等等；于势利虚伪浅薄的青年则在厌恶之下提出《一点建议》或无情鞭挞，如《迷惘症》等；她偏爱《农家子》，以为“风雨霜雪摧不毁的大自然生机，培养了他们的气质和人格”；她是性情中人，眼里容不下一粒沙子，尤其恨透一切虚假的《面具》，乃至花瓶一时没有鲜花，“宁可插一把草叶”，她绝不要绒质绢绸等假花。就是这样一些生活琐事、异域风情、伟大人物、街巷杂闻，农妇无不入文，她是以自己的真性灵去体味去发现去点化出生活的真谛，可谓大俗致雅。在农妇笔下那被现代社会压抑的生存大苦闷，外化在山水人物之中，艺术的真精神便沛然于文字间了。她这种将人事与自然融为一体，天人物我混沌为一的性情散文，鲜活展示着她热爱生活，热爱故土，甚至热爱生命的坎坷和无可奈何。那是既深深扎根于脚下土地又深沉眷恋故土的一颗流浪漂泊着的赤子之心。

难怪刘海粟大师送她这么一副对联：笔底人间烟火，纸上四海风云。

作为香港新闻界的资深记者、海外知名的国际问题专家和散文作家，农妇常以个人身份访问欧美各国（而近十年又定居美国）。可敬可贵的是她始终以一颗仁智平等之心与人交往。于是，她笔下的人物都相当亲切温暖可人，她点化的是他们作为普通人的普通心。于是，她笔下的人无论平凡还是伟大，都显示出博雅深思、生活情趣和生命本色，而且每一篇小东西都有一种精神暗示。她诱导人们如何回归人性的纯真状态，如何返璞归真，成为一个有责任心的自由的人。

于是，她这个"疯"劲很足的人，一有机会就想"疯"。"跟我一起'发疯'的人，有老家伙，也有小伙子，都能'疯'得很投入，因为我们懂得享受'发疯'的乐趣"，"只要不伤害他人，你尽管'发疯'"。痛痛快快喝酒、唱歌、跳舞、旅游、说幻梦、做游戏，自然，也痛痛快快论争、学习和工作。这实在是一个超脱世俗框框，欢欢喜喜去做自己喜欢做的事的老顽童。这才真正是享受生活、享受自己，这才是真正的生命！

我不禁想起在北大课室里，我们就曾敬笑谢冕教授、乐黛云教授是老顽童。谢先生是极少师长威严的，常与我们激动欢笑，还不时与我们这些老大学生骑着自行车摇摇晃晃于郊外田埂上；乐先生则是整个精魂都极纯极真的女童样儿。听他俩的课，是绝对的轻松愉悦而不失收获真知和深厚的。读农妇的随笔，正是这种享受，令人亲切、放松、清纯而又余味无穷，绝无一丝学究的酸气和迂腐。而且，这些热爱生活、永远年轻的师长们都是些绝无保留地疼爱青年人的导师。爱青年人，青年人也一定爱你的。这是事实也是真理。

让人着迷的还有农妇的散文语言。那是从从容容、平平淡淡的，极清纯，绝无吮笔濡墨、惨淡经营的痕迹。"车前一轮明月，这明月，在异族领域的上空。"干净省俭，思乡情却跃然；"这么好的瓜，应该大家尝，明年，我将多下瓜种，结很多瓜，给每个愣小子寄一篮，让他们连同感情一同吞下，也许更甜。"慈爱，简朴，却余韵绵长。

《农妇随笔选》二十余万字都是如此简单而有力量的。人深厚了是否就会归于简单？就如鸿蒙国里的纯真，幼童是最能感悟真理的，因为真理是最简单明白的，于血水赤婴般的农妇随笔中，我深深感受到了生命的本色、赤子之心。这就是她文章的魅力。

农妇人先奇，而后文才奇。这样的文章，只可阅读却不可以仿而作之的。

（原载《文学自由谈》1994 年第 2 期）

以画面穿透情感

《鸢尾花图文书丛》是一眼眼心泉，专注的读者将在这里追寻到源源不竭的关于美的润泽和启迪，这绝不止于美术，不止于文学，而是整个美学的乃至人文精神上的润泽和启迪。

《鸢尾花》是凡·高的作品，虽然它远不如《向日葵》著名。然而，触摸着凡·高为艺术的生命，凝视着他《向日葵》般疯狂的作品，我更心仪几乎算是凡·高另类作品的《鸢尾花》。你看，画面中单子叶上生长着的蓝色兰花，有着凡·高作品中少见的素淡优雅，优雅中还生长着忧郁、生长着伤感。我不知道凡·高是在阿尔哪片雨林的透光处发现这丛鸢尾花，并刺痛他的心灵深处的。兴许，这才是凡·高艺术的内核？犹如他那幅令人疼痛的《凡·高在阿尔的卧室》，那张阿尔的永远安放着两只枕头的床，同样昭示着凡·高永远未能实现的渴望，高更已经远离凡·高、远离阿尔，阿尔记录了凡·高的精神所在，同时也留下他永远无法抚平的忧伤。令人疼痛的阿尔的床，令人伤感的《鸢尾花》。人们总说是阿尔灿烂的阳光成就了凡·高的疯狂，其实人们忽略了凡·高的忧郁，这忧郁要了凡·高的生命，再说悲剧从来都更逼近美的本质。这才是凡·高的阿尔？阿尔的凡·高？

从这里出发，我感受到来自美术来自文学来自艺术更来自生命的共同的精神通道，我一直想实现这种精神穿越，正好我的朋友、美术出版家苏旅希望我给他写一个美文美画的读本。我被迷住了，便有了一种渴望和感受。然而，我知道我无力完成，我对美术知之有限；但是，我可以去寻找它，然后间接完成它。这种感觉像大鸟飞翔般抓住了我的视线，我意识到这份写作必须是一次自由的飞翔，不受画种画面画理的限制，作者可以任意选取一幅（座）对自己有过影响的绘画、雕塑（含建筑）、摄影作品为题，展开想象的双翅，纵情飞翔，美画美文，以画启文，以文生境。可以纵深论画，也可以以画生发、旁征博引、抒新叙旧，以画面穿透情感，文采所至旨在探寻人类至纯至美之境。几滴水也可以发展成大瀑布。于是，我在著名作家中寻找到多才多艺多情多思的刘索拉、铁凝、赵丽宏。

铁凝是一个何等聪明的冰雪女性，她的《遥远的完美》本身就是一个完美的美文美画的读本，她对艺术的形象意象态象的顿悟，她对画家画史画理的透彻，她文字的灵动睿智，文风的从容沉毅，除却她的天资，什么是家学，这便是了。而作为作家、音乐家的刘索拉则给我们奉献了丰美的现在进行时的《语·音·画》，索拉以极大的热情呕心沥血地采写着她的艺术家朋友，这是一个从画面到文字都令人舒展飞翔的美的读本，文字里流动着文化精神的自由自在，独立的、个性的、自由的魂灵四处飞扬，这是一种真正的放松，这种放松是中国知识女性罕见的精神状态，难能可贵，读之犹有阮籍“响逸而调远”之感，令人着迷。赵丽宏先生的《翔舞在灵魂的星空》则是给了读者一个儒雅的书斋里的读本，优雅精致的文字，敏察慎思的文风，如墨香阵阵袭来。尽管三人风格各异，但它们都是可以养眼养心的好书。我心悦诚服于她们那层出不穷的美的发现和表现，感动于她们通过画面和自己的故事贯穿的那份深切的人道主义情感，以及她们文字共同的真挚透彻和骨子里的浪漫主义，她们不同程度地表现出对人文精神追求的自觉，那是知识分子的根。

有了这些羽翅，这难道不是一次艺术的飞翔吗？难道不是一次纯美的飞翔吗？在商业时代，这近乎天籁。

（原文为《鸢尾花图文书丛》序，广西美术出版社 2003 年版，原载《羊城晚报》2003 年 2 月 18 日）

回到音乐本身

2005年新年的钟声刚刚敲过，广西的音乐“金钟”便在西园礼堂里鸣响，喜气洋洋的会场正中高悬着以“广西”二字变形组合而成的编钟为奖徽，古代编钟的现代化标识，正寓意着广西音乐人在传统中创新的艺术追求。作为开奖嘉宾，我有幸亲历了这个集现场演唱、屏幕展示与文艺家即席开奖相结合的颁奖盛典，整个典礼别开生面，颇具专业精神。

正是这份专业精神，敲响了广西音乐的“金钟”，这是广西音乐人多年的梦想。

多年来，广西一直呼唤自己的好听、好唱、有鲜明广西特色的歌曲，以使“歌海”名副其实；多年来，广西的音乐人一直寻找自己的民族音乐土壤。近五年，经过整合后的广西音乐人以对音乐的赤诚，以空前的团结奋发苦苦追求，几年的民间采风，几年的向内向外学习，便收获了一批唱广西、广西人唱的有自己民族风格，上口、好听的歌曲作品。此次获奖作品正是其中的佼佼者，这些作品真实地记录了广西音乐人如何在现代音乐本土化的创造中的上下求索，其中最坚执的追寻者也是最大的收获者是作曲家傅磬。这些年沉醉于挖掘广西民间音乐富矿的傅磬，在大量的田野考察之后，以自己的才情苦苦探索出一条属于自己的不断成熟的音乐之路。从《老王》《三月三 九月九》到《美丽的广西》《挑着好日子山过山》，傅磬的音乐风格也从婉约秀气有余而走向豪放大气，并形成了自己的音乐个性。尤其《挑着好日子山过山》高亢抒情，旷远绵长，有气势有气魄有气韵，给人一种喊山的回响，仿佛山野来风；加上野气朴拙、豪放欢快的歌词，令人既领略到旷野山风又感受到现代韵律的冲击，颇具魅力。这种以现代审美意识传承广西民族民间音乐的作品，还有《乡村社戏》《摆呀摆》《踩踩脚》《黑衣壮的酒》《山歌牵着月亮来》等等，都有一股新鲜的泥土气息，而且简单，上口，易传诵。尤其是《山歌牵着月亮来》嬉戏追逐中既欢快俏皮又羞意绵绵，生动鲜活，那种野地里生野地里长的情意显示了作曲家何超立、词作家胡红一出众的灵气和才情，这是对本土音乐融会贯通后富有个性的音乐创造，令我这个对音乐向往敬畏的外行颇为动心。还有，词作家张名河从东北来到广西，不仅很快融入广西本土并创作出一批好作品，而且以其师长胸怀、专业精神和理性锐气为广西音乐人树立了一种大家风范，令人敬佩。

当然，音乐本土化只是广西音乐发展中的一脉，它同样要融入更多的音乐人对中国气派的音乐追求中，融入对自己音乐个性的追求中。因为,本土音乐或一切外来音乐都只是音乐养分,要真正创造出“一个好歌名、一段好旋律、一句好歌词”并流行传播出去,关键还在于创作主体自身的审美经验和创造力,过分强调本土音乐和地域性,可能会既束缚了自己,又易产生一窝蜂现象。我们必须在提倡广西风格的同时,还要提倡艺术多样化。比如徐沛东、张名河、陈洁明、捞仔等音乐家创作的广西歌曲就很可贵。为此,广西音乐人要走的路还很长很长。音乐真切记录了一个民族的呻吟、痛苦和欢乐,也寄托了一种文化的情感、梦幻与理想。如何把人类这所有的情感和梦想以相宜的音乐形式表现出来,如何深度挖掘广西音乐的特点,并在传承和发展中有所创新,如何在忠实自己的审美经验、消化本土音乐的基础上,融会贯通为自己更成熟的音乐元素符号,是广西音乐“金钟”鸣响之后,广西音乐人新的梦想。

的确,任何的文艺创作都需要融汇才能贯通。能贯通艺术灵魂的是创作个体内心的需要,是人文关怀,是自己的审美经验,是艺术本身。如果每个音乐人创作时都能扪心自问:这是不是我内心需要的音乐?在直面自己真实内心的同时,以宽阔深切的眼光容纳广西乃至这个时代丰盛的经验,从而进行一个艰苦的自我塑造,真正获得表现广西表现这个时代的精神高度和艺术能力,这个精神高度包括人类一切美好情感的浓度,我们必须在传承中塑造自我,才可能谈创新。因为音乐最终是要打动别人的,所以一定要忠实自己的内心,先打动自己,并尽可能随心所欲表现出来。我想这与文学创作不断提出的“回到文学本身,回到自己的审美经验”

是一致的。

也许,这也是广西音乐人在敲响首次“金钟”之后所面临的问题:回到音乐本身,回到自己的审美经验。

(原载《广西日报》2005 年 2 月 24 日)

南方有嘉木

——致《南宁文艺鉴评》

有诗曰:“南方有嘉木,沧海轻舟过。”南宁最大的特点,便是嘉木遍地,且生生不息,蔚然成荫。嘉木当然是品性卓然,历劫独存的,一如屈子所言“后皇嘉树”,即参天地而不凡。如此肥沃水土,南宁文艺界的才俊们便要培植一株自己的嘉木:《南宁文艺鉴评》。

鉴评,顾名思义是鉴赏评论,才俊们试图以鉴赏评论的方式,对南宁文艺有效地发出明晰的富有建设性的声音,从而对这个时代有所担当。责任使命,意气风发,自然也一定会明白树是以立姿为生的,所谓“独立不迁”,兀立不移;因为真正的批评家也必须直立行走,必须忠诚事业,坚守专业精神。而今处处大兴移木之风,南木北迁最失败的案例,自然是“逾淮为枳”;而文艺批评是不宜跟风的,学术操守是根。批评者只有坚持自己的责任使命方可“深固难徙,廓其无求兮。苏世独立,横而不流兮”,当然鉴评品相也需朝着周正宽容的方向发展，如此《南宁文艺鉴评》，才有可能刚硬和柔软同在，生机与成长共生，文艺价值和批评价值彰显。作为同行，我们知道全媒体时代，文艺与文艺批评被污名化日益严重，文艺的边缘化每天都在发生，信息爆炸的背后是文艺被湮没的速度加快，而低俗文化已成为今天文化最大的危机。如此背景下，自上而下地呼唤文艺批评要具有激浊扬清的力量、独具慧眼的洞见，以及有所担当的社会教化功能与审美功能，成为这个时代思想前沿的清音。应运而生的《南宁文艺鉴评》一定会以言之有物、才情灵动的鉴评表达，重新思考文艺的意义，呼唤大众对文艺的关注。鉴赏批评不仅要找缺点，更要发现文艺的价值和意义，其实肯定比否定更难，对文艺价值的发现和肯定是鉴评的真正意义。以此为当代广西提供学术的鲜活的文艺现场，促进文艺家与批评家的共同成长，为广西的文艺生态和社会生态做出有效的建设。

深信年轻的办刊者明白，他们从哪里来，要到哪里去。

唯此，嘉木葱茏，南方美丽。

（原载《南宁文艺鉴评·卷首》2016 年版）

情怀，还是情怀

近年,“情怀”一词常常浮上心头。

这种含有某种感情的心境过滤着滚滚红尘的喧嚣与浮华令我安静下来,直至宁和安然,尤其面对我的工作与我钟情的文学。是的,女人喜欢做一件事,自然便与之有一种难解的心境,或曰情怀。

情怀于有所钟情的女人,不仅仅是阳春白雪,其实就是梦想与感性,就是生活,是生活的态度、认识、修养和方式;于工作便是源泉,它潺潺流入生活与工作的时间与空间里。

情怀于我,首先是率性与浪漫个性,它决定了感性多于理性,决定了以心境生象,即情怀大于逻辑。都说20世纪五六十年代出生的写作的人,大都在20世纪80年代结出文学果实,我亦然。我真正走上文学评论编辑之路,缘于20世纪80年代。那时各省区都着手办文论期刊,我与广西两位青年评论家受命北上筹备《南方文坛》创刊事宜。我们一路激情满怀，在北京、天津组稿并拜访名家、请教同行，爬上北京香山，看层林尽染，久久不肯下山；畅谈将要出世的杂志，一时兴起，对着满山红叶我们相互高喊彼此的名字，“斑斓的群峰也就潇潇洒洒地回响起我们斑斓的声音了”——在创刊周年（1988年）第5期的卷首语上，我记下了那个充满创业激情和自信的年轻时刻。回程买不到卧铺，我们三人坐了两夜一天，一路跺着麻肿的双腿还兴奋莫名。两个月后的创刊号上，刊出了我们一路谋划的创刊宣言，自信、狂妄，却字字率真、热诚而坚执，充满文学情怀。那真是个青春的时代，文学情怀遍布的时代，令人感怀。这个起点，影响我23年，令我的虔敬之心，一片片倾注在《南方文坛》，不敢懈怠，一直向前。

其次情怀于我，是女性情怀，热烈温婉、专一坚韧。这有些不同于男性的意味，我一直都希望做一个女人味很浓的作家、批评家，并以专业编辑为生。因为才智平平的我靠写作是难以糊口的，编辑成了我的职业。从1987年开始做编辑，23年过去了，居然还在乐滋滋地做，一个不知愁滋味的幸运之人，还常常不按套路出牌，另类的律动带来许多麻烦，然而专业的精神与能力支撑着，却总能过去，为了杂志与自己的精神不断地成长，只要还在场，就不会停下默默而坚定的步伐。便想，是以人文精神与前沿批评为支撑的专业情怀与女性情怀把一路的艰辛沉重转为飘逸，给灰色的枯燥的文论编辑注入了灵秀。

我于1996年接任《南方文坛》主编，当即改版，再是2001年与广西师大出版社合作办刊。13年的改版，有10年是在没有办刊经费(只有2万办公经费)的艰难条件下,争取各方支持,尤其师大出版社的坚实支持下走过的,在这漫长的令人感奋又悲凉中,走到今天,还将走向未来。

13年改版之路,我们在文学坚守和刊物艰守的情境中,向读者展示了我所描绘过的"现代童话"所蕴含的信念、智识乃至心性精神,其中包括女性面对纷扰"难得糊涂"的率性,也为此,十几年来我一直对女性作家、批评家给予更多的理解与关注。因为在文学之路上行走,路途艰难,女性没有坚强的意志力与平常心,是走不远的,我敬佩面对困难,不轻言放弃,且热爱生活、颇具生活能力的女人。这份女性情怀虽有惺惺相惜的意味,但我明白,面对这个时代,有情怀的女人总是选择自己的灵魂,无论功利世界的诱惑有多大,因为她们会追问:生命的意义究竟是什么呢? 也明白自己需要什么,做怎样的人。

这便是专业情怀与女性情怀。有如此情怀,才可能心无旁骛走下去,才可能面对惊心动魄而处惊不乱,才可能心境澄明坚韧前行,也才有真正内心阔大的可能,才有对无尽岁月的感恩。我喜欢"隐忍"二字,因为这是有情怀的小人物处世的常态。

而小人物也可以有大情怀。

(原载《编辑之友》2010年第3期)

夏季远去

这是一个不同寻常的夏季。

城里很热。

城里的一隅正掀起持续了许多年的滚滚尘浪。那里没有了人的本色,没有了生命的真实。有时,我真恨不得拿起刀子,一点点地割去人类身上那些坏死的肌肉,以唤醒真正的人的性灵。

人类之所以为人类,是不能在没有尺度(哪怕是大致的尺度)的环境中清醒而安然地生活的。终于,走过了废墟。当天,我便跑到一间暂时属于我的乡下小屋里,我绝不能让早已千疮百孔的心灵在红尘中干枯了,只有大自然的生命之气,才会使天蓝,使草绿,使夏凉,使精神清明,使性灵湿润。

生命的青春已在大悲大喜中一一在眼前奔驰过去了,心之极乐与极苦在这泛滥的炎热中无处逃遁,精神和身体的疲惫都无法使我安睡。于是，在这间夏雨入门、青翠含窗的小屋里，我翻出前年写的《大草原——玛拉沁夫论》初稿，开始了艰苦的夜以继日的重写和修改工作。每天大约只睡三个小时，一天就吃早上煮的一锅粥。一切生命里的伤痕，一切现实的烦闷，一切来世路上不可避免的苦恼，终于全部隐去踪迹。我沉浸于玛拉沁夫创造的大草原中了。

时间的永恒性、岁月的流逝性与生命的创造性，一时大放光彩。

八天后，凌晨三点，当我为本书画上句号时，倒头躺在床上，却怎么也睡不着。于是，在无名的思想中，静静地合上眼睛，看见很长很长的梦，慢慢地在这间地开墙裂的小屋中移动着，如同正午淡淡的夏云，“徐徐幻出难以指名的形象”……

顿时，苦难净化。

夏季远去。

1993 年 7 月于蒲庙

（此文为《大草原——玛拉沁夫论》跋，民族出版社 1994 年 1 月版）

寻找回家的路

关于散文,我曾在我的一篇后记中说过:“我的散文除推辞不掉的约稿外,大多是心绪不好时的产物。平时于人于世总有许多感觉,但又常常寂寞难说;有时也试着与人沟通,却常常会相对无言,伤感和疼痛便会不期而至。于是,便喜欢独处,静默,写短章”,便留下不少有些个人化的文字。此次重读,灰心之余便是悲观。我们知道散文是人类精神与心灵秘密最自由的显现方式,而我的这些篇什又能在何种层面上接近散文的语言、散文的形式,尤其散文的精神?而在心灵的质量上又能达到何种层面?我为此慌乱不已。

至于随笔,大多缘于工作,是对世事、对文艺现象的随想乃至批评。近日读谢有顺的书,看到他也欣赏米歇尔·福柯的一段话:“我忍不住梦想一种批评,这种批评不会努力去评判,而是给一部作品、一本书、一个句子、一种思想带来生命；它把火点燃，观察青草的生长，聆听风的声音，在微风中接住海面的泡沫，再把它揉碎。它增加存在的符号，而不是去评判；它召唤这些存在的符号，把它们从沉睡中唤醒。也许有时候它也把它们创造出来——那样会更好。下判决的那种批评令我昏昏欲睡。我喜欢批评能迸发出想象的火花。它不应该是穿着红袍的君主。它应该挟着风暴和闪电。”我也着迷于这种生长着的生命的批评。

本书的文字品质会由于时间的大跨度而有所不同，回望20年前，发表的第一首诗，我把它收入本书，哑然失笑中明白了自己的出处。编入的文艺随笔大多是些相对短小的文字，芜杂，苍白，更难以企及福柯所描述的境界。我为此羞愧不已。

只是，童话里常说，孩子根据撒落一路的石子就能找回密林的家。

写散文，于我便是寻找回家的路。

既然要出文集，我也只能觍着脸对自己清算一次，捡起自己来路上撒下的形形色色的石子，期望回到自己的家，也期待读者朋友进入我的精神家园。

2002年6月6日

（此文为《广西当代作家丛书·张燕玲卷》后记，漓江出版社2002年10月版）

能不忆南方

当我为《能不忆南方》一书草拟三个书名时，一如以往遇到自以为的大事找晓明兄咨询一样，电邮他并问学。当天他的回话并不评论我起的那些书名，“如果是一本书，可否《最忆是南方》？或者《能不忆南方》？”陈晓明如是说。

心一动，便感念至深。晓明兄是把《南方文坛》比之白居易笔下那如梦如忆的好江南了，赞颂之意鼓励之情尽寓其中。我当然不敢用《最忆是南方》，那就《能不忆南方》吧！1996年《南方文坛》改版后，有众多晓明兄这样亦师亦友的作者与读者支持，他们的“好”，才使《南方文坛》的“好”成为可能。

最初的“好”缘起于2000年10月南京书市上，当时《南方文坛》与广西师范大学出版社签约合作办刊。签约时，钱中文、陈晓明、南帆、王彬彬、王干、苏童、毕飞宇、王宁、吴俊、费振中、董之林、吴炫、邵建等20多位著名评论家和作家见证了签约仪式和评年度优秀论文奖的提议。从此，每年年底均由编辑部初选20篇左右年内所发论文，提交评委独立审读终评，评委采取与候选篇目回避制，并以邮寄投票方式评出6篇获奖论文，以得票多少排序。九年如一日，九六五十四篇，大多是些被转载的有影响的文章，奖项也一直受到业内和各大媒体的关注，国内著名学者和评论家谢冕、洪子诚、陈思和、钱理群、陈建功、雷达、白烨、曹文轩、夏中义、李敬泽、陈晓明、贺绍俊、吴秉杰、程光炜、洪治纲、李建军、谢有顺、汪政、何向阳和我先后担任过本奖项的评委。2001年度首届优秀论文奖颁奖仪式，首届评委谢冕、陈思和、白烨以及国内近50位著名评论家出席，一时堪称批评界的盛事，并被称为"中国文学评论界的一个重要奖项"。

创造的"好"是2001至2009，这是《南方文坛》成长的青年时期，评奖也在逐年成长成熟，由2001年首届颁奖现场评委点评到每年公布评语，本书记录了这个过程。这记录得以成书面世，除了感谢作者的精耕、评委的慧眼，还感谢广西文化发展专项资金、广西文联、广西师范大学出版社的支持。

是的，要使《南方文坛》"好"得"红胜火""绿如蓝"，除了有生态的外力，有"日出"与"春来"，还需自身不懈的努力、坚持与精进。唯此，江花、江水方能红绿相映，文学批评的"南方"才能绚丽多彩，生机勃勃，令人向往，乃至文情思力深长弥坚，如梦如忆。

一如《忆江南》。

是为跋。

2010年仲秋

[此文为《能不忆江南——〈南方文坛〉年度优秀论文奖文集(2001—2009)》跋,广西师范大学出版社2010年11月版,载于《文学报》2010年12月30日]

上善若水

十年前,有位评论家以“上善若水”为题写过一篇关于我的评论,我道行太浅,没有深究其妙。然后,又是一个十年且进且退的文学跋涉,边走边检点自己,愈来愈在水的品性中,感受到一种自我认同和想望。我终于明白,那上善的境界始终高悬在我前路的云端,它的召唤如水低低潜行于我的生命之流里,自觉不自觉地稳固着我的心性,濯涤着我的浮躁,使我在不断的逃避和不断的前行中得以面对真实的世界和真实的自我。是的,“利万物而不争”“无为无不为”不仅是一种为人境界,也是一种为文状态。

任何一种文学创作都存在于寂寞之中,文学的果实也必然“利万物”。我的主业是文艺理论编辑与文学批评。今天,中国的批评家与作家关系大多很近,我也常常体会到在友情和文本之间行走的尴尬和疲惫。当然,渺小的我不可能免俗,但我愈来愈强烈地希望自己每一篇评论都能说出自己真实的想法,并经得起读者的质疑。这一立场也贯穿在《南方文坛》的具体编务中。尽管理论之树是“灰色的”,然而,是树就必然会发出新枝绿叶,我们为什么不能还其本色并使之茂盛呢?这在于批评家的专业操守,在于真正回归到批评的本义。只有把自己深切的艺术感觉放在批评的首位,我们就能犹如水流的方向一样执着,从而尽可能摆脱身上的俗念,避开非文学因素,如水行山谷,绕过弯道,直奔大川,做到真正的无为而无不为。这才是有生命力的批评,这才是“利万物”的治学术。有生命力的批评必然是讲真话的批评,这不仅仅是批评的本色、批评家的本分,而且是护佑批评的尊严、文学的良知,更是营造批评的良性生态,真正推动文艺向前发展。我向往并自我期待着这样的批评,因而,近些年,我们主办的系列作品研讨会,都开成了一个个坦诚率真、颇有深度和实效的讨论会。这是批评的本色,如水一般透明的本色。

本色的文学,是有源头活水的文学。这源头活水来自作者的创作资源,来自作者的生命体验、学养、识见和特立独行。犹如写散文时,我总是期盼自己写出自在的散文随笔,能见思力、心性,如水自由流淌,说出自己的话。编杂志,更是要把读者、作者放在首位。《南方文坛》的成长过程,本身就是一个抽刀断水水更流的过程。十年的改版,曾经有过太多自身的经济困窘、外部的人为困扰。我们一边寻求生存,一边逃避礁石。幸有无数的作者读者,以及主管部门和广西师大出版社的坚实支持与合作,才有了今天的影响力。检点着自己,羞意万分,作评论写散文做杂志,似乎没有多少成色。唯一可以欣慰的是自己认真做了这些切实的事情，我企望能从中清理出一条自己的明晰而可靠的道路，把文学带回语言和心灵的身旁。并且在一定程度上证明文学批评没有“缺席”。此时，“利万物”便是责任了。

逃避并非软弱，它也是一种养生术，一种绵软中有硬度的养生术。文坛有太多的无谓、无奈和无望，警觉中便常常逃避。逃避也是一种智慧，水永远在逃避。我神往“不争无尤”的境地，默默地尽可能护卫着那缕文人直立的本性，平静地做自己想做的事情，我相信坦诚与谅解。所谓“心，善渊；与，善仁；言，善信”也。尽管绝望，仍然希望。

常常想起孔圣人当年跋山涉水，一个国家一个国家地传道，一路被逐一路逃亡而一路前行，何其沉重，他却从不露其沉重，有其悲凉而不露其悲凉，承受一切责难与讽刺而不显其怨尤。然而，孔子还是说：“我这个人没有什么了不起，我也不是个圣人，我也不敢自居为一个仁者，我只是‘学而不厌，诲人不倦’而已。”如此“上善”，如此神性，唯有孔子。

于是，水的境界总在我的前路不断显现，不断完成，随着我对“利万物而不争”的追求过程，水涨船高，一直在我的前面，永无止境，这真的是一个不断完善的过程，无穷无尽。

（此文为《广西当代文艺理论家丛书·张燕玲卷》后记，广西人民出版社 2012 年 5 月，原载《文艺报》2006 年 11 月 16 日）

与“今日批评家”结缘

一代的文学，有一代的作家，必然也有一代的批评家。

“今日”不仅仅是年龄概念，更是时态，现在进行时，当下的。1998年起，《南方文坛》以“今日批评家”为头条栏目，一期一人，至今94名青年批评家曾经从此栏目走过。推介彼时中国最年轻的批评新锐，即“凝聚批评新力量，互启文学新思想”，这一编辑理念是在十几年的工作中不断形成的理性自觉，而且还在完善中。

这个过程历经18年，脚步蹒跚却屐履声声。

1998年第1期开栏，我写道：“新年里，本栏将陆续把中国当下年轻的、活跃的、富有思想和学术品质的青年批评家以专辑形式推介给读者。此辑包括批评家的批评观（以卷首方式）、最新论文、对批评家的评介、个人学术小档案、近照等，以期汇集并学术地表现中国今日的批评家，他们是中国文坛批评界的希望和未来。”

如此五年,好评如潮。而建议声也鹊起:前沿批评家差不多了,下去是否会滥竽充数?的确,批评家本来就比作家晚熟,于是,停了两年。而要求读此栏目的呼声此起彼伏,一浪高过一浪。2005年第2期便续上,我在编者按里如是说:

> “今日批评家”栏目从1998年开始,五年里以头条推介了实力派青年批评家:南帆、陈晓明、郜元宝、王干、孟繁华、李洁非、张新颖、旷新年、李敬泽、洪治纲、谢有顺、王彬彬、张柠、吴义勤、程文超、吴俊、戴锦华、罗岗、施战军、杨扬、葛红兵、何向阳、汪政、晓华、黄伟林 、王光东、李建军、张闳、张清华、王宏图、林舟等。通过批评家对自己批评观的言说及其他批评家对他的再批评,批评家不仅展示了自己的最新成果,同时通过再批评,形成批评家相互间文学观念的交流,文化精神的对话,从而体现文学精神。《文艺报》曾赞誉“今日批评家栏目催生了90年代青年批评家的成熟”。在栏目暂停两年后的今天,我们将一如既往,以推介更年轻的批评家为己任。

于是,推介彼时更年轻的新一代批评家成为自觉,60后、70后乃至80后,意气风发,敏锐丰盈,才情思力,深长弥坚。他们以学术新知支撑了《南方文坛》。

我们知道,一个文论刊物有一种潜在的文艺领衔的职责,它会成为未来的文艺史在形成期的良种库。那么,全媒时代,进行文学经典化工作的文论期刊,如何为文学史的良种库提供文学良种,为当代文坛提供学术而鲜活的文学现场,催生一代又一代的作家与批评家，为学术生态和社会文化生态做出有效的建设，成了今日文论期刊面临的难度。而《南方文坛》身处岭南边陲，要想使这个中国文学批评版图少些遗珠之憾，是艰难而永无止境的。我们唯有尽可能以多种渠道发掘新锐，寻找那些活跃在文学现场、颇具潜质的才俊文章，哪怕泼辣新鲜的批评文字出自在读博士，只要他面对文学现场有足够的真诚和个性，足够的敏感和活力，即使修为和学理有所欠缺。而栏目的包容性也须有足够的宽度与敏锐度，并因真切的爱心与支持而散发温度。那么我们所进行的经典化工作，就有了一份相对系统的关于文学批评的当下描述，并留给文学的未来。这份当下描述尽管不那么有力，毕竟也为文学批评这棵灰色之树，添生了几分绿意。也许可以说，在这个时代尽了自己的努力。

可见，编辑的过程便是编者与作者与读者相互成就的过程，任何创意在实践中都有一个不断完善、不断成熟的进境，最重要的当然是坚持，尤其当下的全媒时代，坚持更显珍贵。断了两年，终又续上，而且面向当下的、全国意义的、相对年轻的批评家，我们不敢言说“培养”“推出”之类，只能说是在做“催生”的努力而已。因为这个群体，大多都是呼之即出的人物，浩浩荡荡，生气勃勃。是他们赋予了《南方文坛》“中国文坛批评重镇”的美誉，更激活了《南方文坛》的创造力。18 年来，我们共同成长，共同记忆，不仅仅有批评文字，还有诸如与《人民文学》合作开展十余年的中国青年作家批评家论坛与峰会，与中国现代文学馆合作开展五届的“今日批评家论坛”，以“今日批评家”为蓝本和命名的中国作家网、批评栏目与网页，等等，还有难以忘却的一次次相会。会上会下，个性与个性相汇，才情与义气相照，针尖与麦芒相对，对话与锋芒相应，感性与理性相生，思想与友谊相映，以及那些如血液般流动其中并充满淋漓生气的朗声欢笑和歌唱，乃至开心游戏般的深夜来电……许多时候，许多批评家来到南宁，不约而同说得最多的便是：《南方文坛》是我的娘家，我是探亲来的。是的，文学批评使我们结缘，并成了亲人，一种志同道合的文学亲人。

于是，批评界赞誉“今日批评家”“催生了 90 年代青年批评家的成熟”，“集结起中国一支有生气的批评力量”。2001 年底近 30 名批评家相聚广西。会上，著名学者陈思和教授如此解读：“‘今日批评家’年龄从南帆到李洁非往下挪，已经挪到年纪比较轻的一批批评家，他们正是我们 90 年代——一个正值文坛变动时期涌现出来的很优秀的年轻批评家。‘今日批评家’实际上是 90 年代文学批评的一个道路、一个规则的清楚展现。它集结起一支如此生气的批评力量，这不是一个一般栏目的问题。”

“这个栏目体现了《南方文坛》的爱心，这个爱心非常重要，现在作家层出不穷，可批评家的出现非常难，需要我们的爱护。”谢冕教授深情款款。

中国当代文学研究会会长白烨的解读则重于当下性：“‘今日批评家’栏目推出的批评家有朝气又有实力，他们已经成为当代文学批评领域的中坚力量。他们的出现与成长至少有两个显见的意义：第一，它表明随着文学创作的不断发展，批评新人正在健康成长；第二，新一代批评家更能适应多元格局的文化时代，更能理解层出不穷的文化现象，在解读市场经济下的文化，多元文化下的文学时，可能发挥更为有利的作用。”

从1998至2014，已有90名优秀批评家从这里走过，并留下一篇篇华章，不同个性的批评家以其敏锐犀利、才情思力、灵动丰盈言说着“我的批评观”，近百篇文章累积形成了一种敏感鲜活、富有生气才情的批评文风，颇具1986年海南文学批评会议结集《我的批评观》的精神质地，令人爱不释手。

于是，便想把这些当期的千字文，以《我的批评观》为名编辑成书，一人一文一新简历，附上同期声，此乃当期其他同道再批评的标题，照片一旧一新，企望美文美图。本书试图还原历史，更在于描述和激励当下，还期待能通、续、连、接中国文学批评的文脉，以及对海南会议和所有前辈的致敬。

是为记。

乙未·小满

（此文为《我的批评观》后记，广西师大出版社2016年1月版，原载《文学报》2015年6月4日）

情怀依旧

30 年前即 20 世纪 80 年代，只要张口谈到文学理想与理想的文论期刊，我定会意气风发，挥斥方遒；今天再提，我以为这份理想的核心在于“坚持”。因为期刊的形态在于多样化，同行们都做着各自理想的富有个性的期刊，犹如杂花满山，有海棠一株。而能成为耀眼的那支独秀，我以为是来自对各自编辑理念的坚持，而坚持并不容易，坚持来自情怀。

“情怀”，这种含有某种感情的心境。于我，过滤着滚滚红尘的喧嚣与浮华，并令我沉静，直至宁和安然。是的，一个人喜欢做一件事，比如文学编辑，自然便与之有一种难解的心境，或曰情怀。此时的情怀，其实就是理想与感性，就是生活，是生活的态度、认识、修为和方式，尤其为人作嫁衣的杂志编辑，工作处理枝枝节节，仿佛是“雕虫小技”“壮夫不为”，其实处处是学问，而且大多不是课堂学问，而是实践中的捉摸与会心。一篇文章，一期杂志，经没经编辑之手，“活细不细”明眼人是看得出来的。此时的理想与情怀，便体现在这一工匠精神上了。日复一日，年复一年。

情怀于我，首先是率性与理想主义，它决定了感性多于理性，决定了以心境生象，即情怀大于逻辑。其次情怀于我，是女性情怀，热烈温婉、专一坚韧。从 1987 年 1 月开始做编辑，1996 年接任《南方文坛》主编，当即改版。20 年的改版，有 11 年是在没有办刊经费（只有 2 万办公经费）的艰难条件下，争取各方支持，尤其 2001 年起与广西师大出版社合作办刊 7 年。30 年过去了，居然依旧一副“少根筋”的率性，以及埋头认真不知魏晋的懵懂样；还常常不按牌理出牌，另类的律动带来许多麻烦，然而专业的精神与情怀的支撑，却总能挺过去，为了杂志与自己的精神成长，以此为当代中国提供学术而鲜活的文学现场，促进作家与批评家的共同成长，为当下的文学生态和社会生态做出积极的建设。只要还在场，就不会停下默默前行的步伐，坚持，坚持，再坚持。

20 年改版之路，我们在文学坚守和刊物艰守的情境中，向读者展示了我们理想的文论杂志蕴涵的信念、智识乃至心性精神，其中包括女性面对纷扰“难得糊涂”的率性。这个时代有情怀的人总会选择自己的灵魂，唯此，才可能面对功利浮躁的世界，明白自己需要什么，做怎样的人；明白杂志的理想状态就是一如既往地珍惜文学，一如既往地坚持专业精神。

于是，2010 年结集出版《能不忆南方——〈南方文坛〉年度优秀论文奖文集（2001—2009）》之后，便有了这本《依然忆南方——

〈南方文坛〉年度优秀论文奖文集(2010—2016)》。两书完整收录了本刊从2001年开启的年度优秀论文奖的获奖论文、评语和每年的评委名单。年度奖缘起于2000年10月南京书市上,当时《南方文坛》与广西师范大学出版社签约合作办刊。签约时,钱中文、南帆、陈晓明、王彬彬、王干、苏童、毕飞宇等20多位专家见证了签约仪式和评年度优秀论文奖的提议。2001年度首届优秀论文奖颁奖仪式,首届评委谢冕、陈思和、白烨三位先生,以及国内近50位著名评论家出席,一时堪称批评界的盛事。从此,我们一直坚持这样的评选程序:首先由编辑部初选若干篇目,提交评委独立审读终评,以邮寄投票方式评出6篇获奖论文,并以得票多少排序,同票,取年轻作者。此评奖方式持续了16年,先后有十余位国内名家以独立和认真的评委工作,支持了这个评奖;先后有96篇优秀论文支撑了这个奖项,多是些被转载的有影响的文章,其中2011年度张新颖的获奖论文,荣获第六届鲁迅文学奖。因为评委们的公正公开,尤其扶掖青年新锐,被业内誉为"中国文学批评的一个重要奖项"。

每年的深秋,都是《南方文坛》的时间节点,既充满仪式感,又意味一年的回望,也意味新年的重新出发,更意味着光荣与梦想、感恩与致远。

《依然忆南方——〈南方文坛〉年度优秀论文奖文集(2010—2016)》依然记录了这个成长过程。感谢作者的精耕、评委的慧眼,感谢读者的宽容,还感谢广西文化发展专项资金、广西文联、广西师范大学出版社的坚实支持,支持也来自他们的情怀。

一如《能不忆南方》。

为此，草木葱茏，南方美丽。

是为跋。

2016年·仲秋

[此文为《依然忆南方——〈南方文坛〉年度优秀论文奖文集(2010—2016)》跋，广西师大出版社2016年11版]

南方艺术视角

南方艺术,是生长在《南方文坛》的艺术景观。本画册《南方艺术视角》收录85位艺术家的作品,既有他们发在《南方文坛》封底的画作,又有其富有个性的代表作,诚如主编苏旅兄所言:是二十年来中国当代画坛诸多艺术探索者不懈努力的代表和缩影。

这样的视角与展现,的确令人振奋。它来自边地广西《南方文坛》的封底栏目"当代艺术视角",来自本刊美术总监、著名美术评论家、出版家苏旅先生之妙手。

"当代艺术视角"缘于1996年底,是《南方文坛》改版后确定的栏目。帮助我们完成最初改版的美编是广西民族出版社的张文馨,他的灵慧时尚令杂志旧貌换新颜,1997年都是他选画直接发封底。改版一年,《南方文坛》便在国内文坛迅速崛起,喜逢如此良辰,又感念美术的先锋性,便起意张扬美术批评,使杂志彰显多元并存与先锋性的姿态，以及坚持为不同艺术门类、不同学科的人文，乃至不同艺术个性留出必要的空间，力求形成人文学科、文学艺术互动互补的大格局。于是，1998年初，便恭请当时被誉为广西美术头牌批评家、时任广西美术出版社副总编的苏旅先生主持封底，并商定“当代艺术视角”为栏目名。作为20世纪90年代许多中国先锋艺术画家的伯乐，苏旅兄挖掘了众多优秀画家，写评论、办画展、出画册，在国内颇具影响力。于是，从1998年第2期始，便每期一名家一画作，苏旅兄又亲自撰文做美术短评，从此，每期封底便从一名家一图，到一名家一图一短评，每年六期至今。

坚持了20年，勾画出中国近20年艺术发展的轨迹。每两月拿到新刊，我最先翻看的便是封面封底，这是《南方文坛》的脸面。然后，在封底画作下方的精短评论上定格良久，它们大多出自苏旅兄之手。没有这些目光敏锐、判断准确、评论精良的文字，杂志的品位立减四分之一。

回望20年的封底画作，正如本书前序苏旅兄所言，专栏“希望能做成当代画坛的阴晴表。20年来我才发现，它不但是艺术的晴雨表，也是时代变迁的晴雨表，是我本人艺术喜好的晴雨表，所以这个专栏从一开始就不是单一的、纯粹的，而是综合的、复式的、多面的。有前卫，有传统，有现代，也有古典，只有一条是不变的，就是它尽可能是高端的、高雅的、高水平的”。的确，这既是《南方文坛》改版20年的纪念，也为读者提供了近20年中国美术发展的一种视角，或者说提供发现艺术与美的客观依据，并显示出艺术个性、水准和品质，蔚为大观。

改版之路的20年，是疯狂却富有激情创意的20年。封底的画作既有传统的高雅，更有不拘一格的前卫，甚至异想天开，这是令从事文学创作与批评的我叹为观止的。

任何一次文艺思潮，立于潮头的大多是美术。

为此，我感谢苏旅兄及其几位编外同事。无论做人作文，我和杂志都在与他们的学习工作中同生共长，那真是同谋同道同志。20年里，有11年没有办刊经费，及至2001年与广西师大出版社合作。最初几年，苏旅兄完全是因我居然敢徒手改版而感动，真正的友情“出演”，每期封底从在全国确定画家，到选画并写短评，到制作室检查图样，全线亲力亲为，甚至两年没有稿费。

这样一条珍贵的精神通道的形成，源于我们都珍惜中国20世纪80年代的文艺果实，我们都是唯美的理想主义者，都养护着中国传统文人的情怀、风骨与品格。当然，苏旅君更为特立独行，眼里更容不得沙子，新世纪初期居然一纸公开信辞去所有协会兼职，成为一时佳话，令我等苟活者惭愧与敬佩。

凡俗的我学不了他，便尽可能参加他主持的一个个广西的、全国的画展。是的，这位美术创作、美术理论、美术策划、美术出版、美术组织等综合能力，在广西难出其右的亦师亦友的人物，真的极富感召力。20世纪90年代，在他策划的油画“南方的风景”系列活动中，看到广西数得着的油画家对他的追捧；而新世纪他又成为“漓江画派”的策划者之一，画家黄格胜告诉我说：“没有苏旅的理论支持和策划行动能力，漓江画派不可能获得如今的成功。”

2002年他责编、我主编的《鸢尾花图文书丛》，让绘画的局外人写画。我们完全信任作为文化名人的作者，任由作者自由选画，只要写出对画作的某种感受——喜欢或不喜欢。我在序言《以画面穿透情感》中，表达了我对苏旅兄如此创意的高度认同，表达了对作者铁凝、刘索拉的美文美图的赞许，以及赞叹那份自由飞翔的艺术精神，至今翻阅，仍令我感动，那真是直抵艺术本质并值得收藏的好书。

20年来，表面上杂志社就我与张萍副主编支撑着，实际上我们的美编筱茜君，主理全书美术尤其封底的美术总监苏旅兄，英文要目的翻译专家（前10年是自动请缨的贺祥麟教授、后10年是复旦的谈峥教授），出版社的校对彭青梅等四五位文化精英，一直按时按质按量鼎力支持杂志的准点出版，从未耽误，20年如一日。

做一个杂志主编21年，尤其压力最大的几年，终于一年年坚持下来了。感谢苏旅兄、筱茜君给我带来疯子般的工作激情。他们不仅是我的编外同事，更成为我的兄弟姐妹，成为我的亲人，因为《南方文坛》。

许多年，大家一同春游秋行，一年几聚，每聚必解决一两个疑难问题。更重要的是，20年谈书读画，论世议时，乃至生活的琐碎。一切都真诚率性，欢声笑语中，苏旅兄灰白的长须时而随着朗声欢笑俯仰有致，时而随着幽默狡黠的微笑而颤动。加上童心不老已到耄耋之年的贺祥麟教授（愿老男孩在天堂继续欢喜）、冰雪聪明率性朗健的筱茜等等，他们在哪里，欢乐就在哪里。相聚先议事论工，个个极为认真精细，争论互补；尘埃落定后便轻松自由，笑震屋宇。没有不可逾越的规则，一切皆可调侃，你想，这样的聚会，连空气都在捧腹大笑啊。欢笑中，各自认领好各自的活计，每每散去，又约好下次聚会的工作内容。如此工作氛围，《南方文坛》怎能不好?!

回望来路，心生感念。

他们令我无数次感受到：工作是美好的。志同道合的合作长达20年，我们彼此欣赏，与苏旅关洁夫妇、与被誉为广西金牌美编的筱茜鲍翰夫妇，还有童颜鹤发的贺祥麟教授，还有时尚独特的张文馨，以及客串过的美术评论家刘新、张东等，从来不掩饰对彼此的敬意与称赞。

如果做《南方文坛》，必须重来一遍，我们还是要找到苏旅与筱茜。

如此深厚的友谊，本书应当苏旅兄主编，我是外行，依旧任他在20年已发画家中，自由选编并决定本书体例，一人一简介一照片一短评外，视版面，当然也视苏旅兄的艺术喜好，排一至三张作品，可惜时间跨度太大，不少原发作品的图片已难寻其踪；体例上，以艺术前辈、油画、前卫艺术、水墨画四部分依次编排；依旧是筱茜君操刀设计版面，依然制成艺术品，依然美如南方。

欣欣然，可以面对《南方文坛》的读者了。尽管，无一遗漏的出版物是不存在的，因为我们永远难以透视中国美术谜一般的诱惑和不尽的深邃启示。

丁酉年·立夏

（此文为《南方艺术视角》跋，广西美术出版社2017年6月版，载于《南方文坛》2017年第5期）

端午的颜色

2017 年，距离 1987 年，已 30 年。《南方文坛》创刊 30 周年了。30 年来，《南方文坛》几代办刊人筚路蓝缕，艰苦创业，不仅为将广西文艺创作和批评推向全国做出突出的贡献，也为中国文艺理论和批评建设做出了积极的努力。尤其是 1996 年底改版以来，立足广西，走向全国，日渐形成了“人文理想、前沿批评”的编辑理念，使之迅速崛起，成长为“中国文坛的批评重镇”，在海外学界也有一定的影响力。这源于办刊人对专业精神一以贯之的坚持，也还源于广西文艺评论家与广西主管部门的支持。为此，《南方文坛》从创刊 30 年来广西籍作者的千余篇论文中，选取 128 篇文章予以结集出版。

这 128 篇论文，囊括了广西几代文艺评论家的优秀成果，涉及广西文艺创作的各个领域，是《南方文坛》与广西文艺 30 年发展同生共长的见证。论文集的出版，既是《南方文坛》文艺阵地的自我建设，也是对广西本土的一种感恩，还是对近30年广西文论的一次巡礼，更是对近30年广西文艺发展轨迹的一份记录与文献积累，颇具本土性、学术性和档案性。

因为篇幅和体例的限制，本书在选取上挂一漏万在所难免，尤其所选还不一定如作者之意。又比如有些篇章因用笔名已难查清作者原名而不宜收录，如本刊老主编李超鸿的文章，就难以查考了，凡此种种。因此，这不是《南方文坛》30年最佳文论选，而是部分有些许意义的路标；同时，我还在为广西作家协会选编《文学桂军20年·评论精选》，《南方文坛》有些路标性的文论选入《评论精选》，便不再入选《南方批评30年》了。

我以为这128篇文论，总还算是通向广西文艺批评花园的128条小径，便企望读者朋友由此交叉的小径，进入广西文艺事业的百花园，感受几代广西文艺评论工作者为文艺事业除草去病、添枝加叶的赤子之心与批评才情，感受编者对他们的敬意与谢意，是为旨归。

今天是端午节，端阳时分在诸多众所周知的意义中，有一种纪念的意味，唯此，摆在我案头的《南方批评30年》一校稿样，以及这篇交代般的短文，便着上了端午节纪念的颜色，然后是芒种，是夏暑相连，是秋寒冬雪。30年的办刊历程，真的不容易，如是能引起人们对《南方文坛》，乃至广西文艺批评的过去、现在与未来的思考，真是编辑如我者的祈愿，真切企盼这份总结能为广西新春的批评之路，再多一种路标。

感谢《南方文坛》30年的几代编者！

感谢一路相伴的作者和读者朋友！

丁酉年·端午

（此文为《南方批评30年》序，广西师大出版社2017年版，载于《中国艺术报》2017年12月20日）

有我之境

几年前，评论家黄伟林曾以《有难度的批评》为题，如是论说我的评论写作：张燕玲的文学批评是"有人之境"的批评，她不仅"自我加入""眼里有他"，更重要的是，她能将批评对象所蕴含的人生境界和人格修养与她自身的人生阅历沟通融合，她拥有与其批评对象同样甚至更高的精神高度。（见《文艺争鸣》2010年第4期）"更高"实在不敢当，但"有人之境"说，却深得我心。

伟林兄的评价谱系，源自王国维《人间词话》的"有我之境"；反观自己从业三十几年的文学批评，的确是在感觉中立论，所观所读常常无意识将自己的感情色彩融入其中，似有物物皆着我之色。其实"有我之境"，于我也是双刃剑和照妖镜，作者的成色一目了然，既隐含着我的心性及所思所感，当然也表明自己还缺乏一份理性节制、一种悠远恬然，对批评对象过于自我加入，不时显出与批评对象欠自然契合、欠理性逻辑的短板，似有修炼不足之嫌。

当然，有我之境，并非止于我愉悦即万物皆欣欣向荣，我忧伤即万物皆倾颓百态。面对文学批评对象，当然得遵循文学的规律性。置身当今复杂的文化空间，文学经受着各种文化观念的碰撞、冲突，如何对不同文化形态中的文学进行研究与批评，在文学变局中多些自我叩问：该坚持时自己是否坚持？我们如此执着追求变化，是否思考过哪些东西是“不变”的？我想，不变的是对文学本身的认定，是对专业精神的坚持。批评也是一种创作，便企望自己在批评写作中以更丰厚的修为把“我”与境，尽可能巧然天成。

此为自省，更是自我期许。

感谢评论家、作家出版社吴义勤社长的宽厚，以及本书责编向平君的帮助。容我从三十几年评论生涯里自由选取些许篇章，旨在检点自己前半生的评论生活。尽管从“有我之境”到“无我之境”于我已是遥不可及，但这些散发我情感个性的肤浅文字毕竟发自我的内心，至少是一种真诚的声音，至少言为心声。

今日小暑，南宁已入蒸笼，热风暴雨，心气浮躁，凡俗如我终不能入“无我之境”，哪怕春秋吉日，在下也明白自己的成色，并心怀感恩；再者，夏已至，万物至此皆长大，当然，颓败也随之而来，生命力与创造力皆有盛极而衰，否极泰来之说。人生亦然，写作如是。

丁酉·小暑于百花岭

（此为《有我之境》后记，作家出版社 2018 年 6 月版，载于《长江文艺》2018 年第 11 期）

后记：闲话多说

忽然就年过半百了，已无闲事挂心头，正是人间好时节，便有了些许心境拾掇拾掇工作之余的杂谈闲话，也就有了此文集。

古时乃至当下俗世，都有闲话是关于私人的及其街头巷尾传闻、幕后消息等贬义，比如闲话少说，言归正传之类。殊不知相对如此严正之辞，多媒体时代，多样化的选择使更为自在的人们多了些颇为自尊的自嘲与反讽，正话闲说或是闲话正说早已成为日常，或群体地或独处地闲谈些无关紧要的话，带有题外话之意，更多引申为不受拘束的自由言说。这多少有冯梦龙《喻世明言》第一卷所言："不耐烦时，就过来闲话"之意。再说散文之散，初指无韵，不拘于韵便是一种解放，故我以为散文的精神当然是自由自在的性情之文，既是典籍书斋的智文，更是日常自然的率性随心的记录，尤其有感之文常常就是周遭"不耐烦时"的产物，还是家长里短的闲话。

因此,本书便是自己发表在报刊的此类杂谈闲话的选集,也许于读者朋友是些无关紧要的话,却也美名曰散文随笔。其中还选了几篇作于20年前的对自己有纪念意义的文字,既回望自己的出处,也为自己的人生画下一段亦现亦隐的轨迹,并能以闲谈的生活态度面对这三部分的精神写真:闲游于工作之余,闲读于人间书简,闲情于生活烟火;忍不住闲话所遇所感,一思一情,自由自在。丝丝缕缕散发着自己的心性、率真与"不耐烦",点点滴滴努力呈现"这一场人世,终究值得一过"的万千理由;我以为,人终将要活下去,面对生活的"不耐烦",一个写作的人,如能写出"不耐烦"之所以,也就写出了于己于人一丝清醒的力量,才使卑微的我们有把人间的情义与希望长存于心底的可能。把"不耐烦"变"耐烦",日复一日,年复一年,是以为人生。如此的杂谈,似乎就不止于闲话了……

立秋之后、白露之前,邕城地处盆地,闲话多说了,暑气仍然未减,热浪又难散去,时为处暑。

是以为记。

张燕玲

丁酉·处暑于百花岭

(作者注:本文为本书原名《闲话多说》的后记,出版时因故更名《好水如风》,临时取意于拙文《耶鲁独秀林樱》,参见本书第32页。)